Lena Klassen

Die Sehnsucht der Tulipane

Erzählung

adeo

Kann Gott einen Felsblock schaffen, der so schwer ist,
dass er ihn nicht heben kann?
Kann er es nicht, ist er nicht allmächtig.
Kann er es, ist er auch nicht allmächtig.

Ist Gott allmächtig?

Rosentage

Eine Blume", sagte Großvater Gerd, denn heute war Samstag. „Ich hätte gern eine Blume."
Janna wusste nicht, wie der alte Mann hieß, aber da er ihrem längst verstorbenen Opa verblüffend ähnelte, nannte sie ihn insgeheim Großvater Gerd. Manchmal hatte er sogar noch einen winzigen Rest Senf im Mundwinkel, genau wie ihr Opa, der zum Frühstück immer Fleischwurst mit Senf gegessen hatte. Jeden zweiten Tag kaufte sich der fremde Herr in der Bäckerei nebenan ein halbes Brot von gestern und humpelte dann mit langsamen, stockenden Schritten herüber zum Blumenstand. Mit bedächtigem Stirnrunzeln musterte er die langstieligen Rosen in den schwarzen Eimern, die fertig gebundenen Sträuße, die Topfblumen mit den hübschen Steckern und die kleinen Tonkugeln, um sich dann mit einem strahlenden Lächeln an Janna zu wenden.

„Ich brauche eine Blume für meine liebe Flora."

„Ja", sagte sie, „ich weiß. Was für eine möchten Sie denn heute? Die Astern sind besonders schön."

Er kaufte nie Topfblumen oder Gestecke, stets nur eine einzelne Blume, die sie ihm feierlich überreichte. Es war wie ein Ritual, jeden Dienstag, Donnerstag und Samstag. Im Eingangsbereich des großen Supermarkts herrschte ständig Gedränge und Lärm. Musik dudelte herüber, die kleine Bäckerei und der Stand mit türkischen Spezialitäten versuchten die Kunden mit verführerischen Düften anzulocken. Die Ecke mit den Blumen übersahen die meisten. Manch einer griff hastig nach einem gebundenen Strauß und murmelte etwas von „Geschenk vergessen“. Doch Großvater Gerd nahm sich so viel Zeit, als hätte er Jannas Blumen nie zuvor gesehen. Als hätte er überhaupt noch nie so etwas Wundervolles gesehen. Er zelebrierte die Entscheidung, welche Blume er seiner Flora mitbringen sollte, mit sichtlichem Genuss, und genauso langsam und bedächtig wickelte Janna die Auserwählte in Papier ein.

„Vorsicht, stechen Sie sich nicht an der Nadel“, sagte sie jedes Mal, und Großvater Gerd lächelte erfreut und bedankte sich. Dann verstaute er die Blume umständlich in seiner großen, braunen Tasche, in der er schon das halbe Brot versenkt hatte, und tappte zum Ausgang. Es war wie ein Wunder; sobald er Floras Blume gekauft hatte, hinkte er kaum noch. Er ging aufrechter, selbstbewusster, jünger, und manchmal fragte Janna sich, was Flora wohl für ein Mensch war. Für ihn musste sie wunderschön sein, obwohl sie bestimmt ebenfalls mindestens achtzig war, und gewiss war sie warmherzig und schenkte ihm ein Lächeln, wenn er die Blume in die Vase stellte. Da der Alte immer allein einkaufen ging, war Flora vermutlich nicht mehr gut zu Fuß oder sogar bettlägerig, und vielleicht war die Blume, die sie jeden zweiten Tag bekam, ihre größte Freude.

Beinahe stahl sich ein kleines Lächeln auf Jannas Lippen, während sie beobachtete, wie Großvater Gerd den Laden verließ. Ein ebenso ungewohnter Gedanke schlüpfte in ihren Kopf: Wie schön wäre es, wenn schon Feierabend wäre und sie hinauskönnte, um die herbstliche Luft einzuatmen und die Blätter unter ihren Schuhen rascheln zu hören. Der Gedanke erschreckte sie, so fremd fühlte er sich an.

Seit jenem Tag vor vier Jahren sehnte sie sich nicht mehr nach der Sonne, die irgendwo hinter den leise zischenden automatischen Glastüren strahlte. Es war ihr gleichgültig, ob es regnete, ob Frühling in der Luft lag oder ob die Wolken Schneeflocken ausspien. Sie wollte es nicht einmal wissen, und wenn die Kunden nicht gewesen wären, die Leute, die braungebrannt und in kurzen Hosen zum Einkaufen kamen oder dick eingepackt mit Schals und Mützen und mit ihren schlammigen Schuhen den Eingangsbereich des Supermarkts in eine Rutschstrecke verwandelten, wäre es ihr vielleicht sogar gelungen auszublenden, wie draußen die Zeit verging. Alles war gefährlich, alles konnte das schlimmste Wort von allen auslösen: Wenn.

Wenn die Blätter fielen, die Drachen stiegen, die Kastanien über die Straße kullerten …

Wenn Schneeflocken auf der Nase schmolzen und die Familien ihre Einkaufswagen mit Schokoladenkalendern und Nikoläusen füllten …

Wenn die Kinder Eis in ihren dicken Händchen hielten, die rosigen Wangen verschmiert und klebrig …

Nein.

Sie zwang den Gedanken dorthin zurück, wo er hergekommen war, hinter die Tür in ihrem Geist, die sie fest geschlossen hielt. Sie drängte ihr Lächeln zurück, dieses verräterische Zucken um die Mundwinkel. Dieses Lächeln, das sie beinahe glauben ließ, dass sie lebendig war. Wenn sie alle Gefühle und Gedanken beherrschte, war sie wie die Statue im Park, diese Statue, an die sie nicht denken mochte. Ein Mädchen aus Bronze unter einem leeren Himmel, inmitten von Rosen und Lavendelbüschen, die sich an ihre Knöchel schmiegten. Und das Mädchen starrte ins Nichts.

Worauf es auch wartete, was es auch fürchtete, nichts konnte es berühren, denn es war aus harter, nahezu unzerstörbarer Bronze, und ihr Herz war wie in einem Tresor eingeschlossen. Sie rührte sich nicht, die Arme hilfesuchend emporgeworfen, und ganz gewiss träumte sie nicht von der Vergangenheit, davon, alle Uhren zu zerschlagen. Die Zeit zurückzudrehen.

Wenn doch nur…

Das war tödlich. Es war so schlimm wie Stille oder ein Farbstreif am Horizont, wenn der Abend seine Symphonie an den Himmel malte.

Janna versuchte, gleichmäßig zu atmen, während sie die Rosen im Eimer neu arrangierte. Zum Glück dufteten sie nicht. Sie waren auf Schönheit und Haltbarkeit gezüchtet, nicht auf etwas so Sinnloses und Verschwenderisches wie Duft. Selbst inmitten von Blumen war es immer noch möglich, nichts zu fühlen.

Einen Moment lang wunderte sich Janna darüber, warum sie sich dann überhaupt freute, wenn der Alte kam. In der endlosen Kette von Tagen, die sie irgendwie überstehen musste, waren die Dienstage, die Donnerstage und Samstage zu Pfeilern in einem Meer des Nicht-Lebens geworden, Pfeiler, die wackelige Hängebrücken trugen, über die Janna sich von einem Tag zum anderen hinüberretten konnte.

Unter sich das tosende Meer des „Wenn“, das nach ihren Füßen schnappte.

Nach dem Feierabend begann die Stille. Es gab keine heilsame Verbindung, die von einem Arbeitstag zum nächsten geführt hätte, keine Abkürzung, um den Abend und die Nacht zu umgehen.

Jannas Nachhauseweg führte von der belebten Straße immer tiefer in die Welt der Reihenhäuser und Mietskasernen hinein. Sie machte einen Umweg, um nicht am Park vorbeizufahren, in der das Bronzemädchen aufgehört hatte zu tanzen und reglos dastand, den schlanken Fuß in der Luft. Irgendwie gelang es Janna stets, um die kleine Skulptur und um den Park herumzudenken, um die Rosen und um Ben. Nach jahrelanger Übung gelang es ihr, mit den Gedanken denselben Umweg zu machen wie mit dem Fahrrad. Sie durfte sowieso nicht träumen, um nicht mit dem Rad gegen eines der Autos zu stoßen, die unvermittelt aus den Seitenstraßen herausgeschossen kamen, und wenn sie die Mülltonnen umkurvte, kam manchmal ein Gefühl in ihr hoch, das nicht zu ihrem Alter passte – beinahe so etwas wie Verspieltheit. Sie ignorierte es nach Kräften.

Im Treppenhaus roch es vertraut nach einer Mischung aus Putzmitteln und Frikadellen. Frau Nieder wischte die

Fliesen vor ihrer Haustür. Frau Nieder legte großen Wert darauf, dass es im Flur perfekt sauber war; das schien überhaupt ihr einziger Daseinszweck zu sein.

„Sie sehen aber wieder geschafft aus, Frau Steiner", sagte Frau Nieder. „Schauen Sie, ich hab ein neues Täubchen."

Janna nickte höflich. „Schön." Die bunte Dekoration aus Plastikblumen und künstlichen Vögelchen rund um Frau Nieders Wohnungstür hätte ihr in den Augen geschmerzt, wenn sie ihr nicht so völlig gleichgültig gewesen wäre.

„Ich hab noch ein Stück Streuselkuchen übrig", sagte Frau Nieder. „Wenn Sie mögen?"

„Nein danke."

„Sie sollten wirklich mehr essen, so dünn und blass wie Sie sind."

Was sollte sie darauf entgegnen?

Janna zuckte mit den Schultern und schloss ihre eigene Tür auf, die völlig ohne Dekoration auskam und neben der von Frau Nieder quasi nackt aussah. Es gab nur eine schlichte dunkelgraue Fußmatte, und über der Klingel stand ihr Name auf einem Schild: J. Steiner.

Hinter dieser Tür schien niemand zu wohnen. Die Familie im ersten Stock hatte einen Kinderwagen im Flur stehen und einen Haufen schmutziger Schuhe, über die ständig jemand stolperte, das Rentnerpaar gegenüber hörte zu laut Volkslieder, und oben wohnte ein junges Pärchen, das sich ständig stritt. Nur aus Jannas Wohnung drang nie auch nur das leiseste Geräusch. Manchmal war ihr, als ob nicht sie dort wohnte, sondern nur der Schatten der Frau, die sie einmal gewesen war.

In ihrer Wohnung war es weiß und still. Die Papiervögel bewegten leise die Flügel in der Zugluft, als Janna die Tür öffnete. In den Vasen auf den Fensterbänken raschelten die Orchideen aus Seidenpapier.

Sie hatte kein Haustier; keine Katze strich ihr zur Begrüßung um die Beine, kein Hund sprang schwanzwedelnd an ihr hoch. Nein, sie hatte sich vorgenommen, ihr Herz nie wieder an etwas Lebendiges zu hängen. Nicht einmal eine Topfpflanze ertrug sie in ihrer Wohnung, denn man musste sich darum kümmern, sie gießen, ihr ab und zu ein freundliches Wort zuraunen, und sofort griffen alle anderen Worte an, vor sich wie ein Bannerträger der Feind.

Wenn… Wenn du damals nicht…

Janna zog die Tür sacht hinter sich zu. Alle ihre Handlungen folgten einem festgelegten Muster. In jenen Tagen, als alle Handlungen sinnlos geworden waren und auseinanderfielen wie ein durchgerütteltes Puzzle, war das ihre einzige Rettung gewesen. Die Alternative war nur, im Bett zu bleiben und mit zusammengekniffenen Augen darauf zu warten, dass ein Jahr verging oder ein Jahrzehnt oder ein Leben. Ben hatte nicht verstanden, dass sie wie ein Automat die Tätigkeiten des Alltags abspulen musste, um zu funktionieren.

Immer dieselben Bewegungen, die Schuhe abstreifen, den Mantel an den Haken hängen, ein rascher Blick durchs

Zimmer, ein Aufblitzen von Hoffnung – *wenn es vielleicht doch bloß ein Albtraum war, wenn Nicki hier ist und losläuft und mir in die Arme springt!* – und dann schlucken und in die Küche gehen und den Wasserkocher einschalten. Es war ein Ritual, wie lange sie den Tee ziehen ließ, während sie die Beine auf den zweiten Stuhl legte. Seit sie allein lebte, war es so viel einfacher geworden, sich an die Regeln zu halten. Der Löffel Honig, den sie sich zum Trost gönnte. Das einzige Zugeständnis an das dunkle Meer unter ihren Füßen und die Kälte, die sich um ihre Schultern legte.

Der Gang zum Kühlschrank, sichten, entscheiden. Eine Kleinigkeit essen. Nach wie vor zögerte sie kurz vor dem ersten Bissen – kam jetzt nicht das Tischgebet? In ihrem Elternhaus war es eine Selbstverständlichkeit gewesen. Auch das hatte Ben nicht begreifen können: Warum sie Gott niemals wieder Danke sagen wollte.

Aber wie hätte sie einem Gott dankbar sein können, der sich angeblich um Kleinigkeiten kümmerte, darüber jedoch offenbar die wirklich wichtigen Dinge vergaß? Schon lange fragte sie nicht mehr, warum er Unglück zuließ. Auch das gehörte zu den Ungeheuern, die in dem dunklen Meer lauerten. Für jetzt und heute hatte sie eine Antwort gefunden: weil Gott nicht existierte.

Es war die einzige einigermaßen logische Antwort, auf die sie sich mit Gott, der nicht existierte, geeinigt hatte. Seltsamerweise fühlte sie sich dennoch jedes Mal, wenn sie sich an den Esstisch setzte und das Messer in die Butter tauchte, ohne die Hände zu falten und „Segne, Vater, diese Speise“ zu murmeln, bewusst trotzig.

Dabei verweigerte sie bloß einem Gott, der nicht existierte, den Dank, den er nicht verdiente.

Später saß sie am Esstisch, die schimmernd weißen Papierblätter vor sich ausgebreitet, und vertiefte sich in die exakte Abfolge von Bergfalten, Talfalten, Zickzackfaltung und Gegenbruchfalten.

Seit jenem Tag, an den zu denken sie sich verbot, ertrug sie weder den Fernseher noch das Radio. Beides war schlimmer als das Rauschen der Stille.

Wenn, flüsterte die Stille.

Wenn er nicht …

Und du, wenn du nicht …

Wenn du die Zeit zurückdrehen könntest …

Sie zog die Lampe näher heran. Sie faltete schneller. Es sollte eine Blume werden, aber sie hatte geträumt, sich in Gedanken verloren, und es war wieder ein Kranich geworden, der wild mit den Flügeln schlug, und unter ihr brausten das dunkle Meer und die tausend Fragen, und Janna sprang auf, warf dabei den Stuhl um und hetzte ins Bad.

Wenn die Dusche heiß genug war, wenn jeder Wassertropfen wie ein Nadelstich schmerzte, gelang es ihr manchmal, beinahe, die Fragen zum Schweigen zu bringen.

Später im Bett wickelte sie sich in die kühlen Schichten der Decke. Sie weinte nicht. Schon lange nicht mehr. Irgendwann waren keine Tränen mehr übrig gewesen.

Eine Begegnung am Abend

Der kleine Engel aus Kunststein schien weit davon entfernt fortzufliegen. Er wirkte zu pummelig, als dass seine kleinen Flügel ihn hätten tragen können. Früher hätte Janna ihn hässlich und kitschig gefunden, doch als sie ihn auf dem Grab platziert hatte, war er genau richtig gewesen. Nun saß er inmitten der Chrysanthemen und lugte mit seinen Pausbäckchen zwischen ihren dünnfaserigen Blütenblättern hervor. Früher hatte Janna ihre Hände täglich in Erde getaucht. Sie hatte ihren Beruf als Gärtnerin geliebt, sie hatte es genossen, wenn alles grünte und blühte. Staudenbeete nach Farbe zu komponieren – nichts lieber als das! So hatte sie Ben kennengelernt, bei einem städtischen Projekt. Er arbeitete in dem Landschaftsarchitekturbüro, das den neuen Stadtpark entworfen hatte, und Janna für die Gärtnerei, die den Zuschlag für die Umsetzung bekommen hatte. Manchmal kamen die Erinnerungen zu ihr wie Filmszenen, in denen jemand anders die Hauptrolle spielte. Die blonde Gärtnerin mit dem Pferdeschwanz, fröhlich und energisch, und der dunkelhaarige Landschaftsarchitekt, der die Augen nicht von ihr lassen konnte. Wenn der Film im Kino gelaufen wäre, hätte er vielleicht den Titel „Das Glück der Gärtnerin“ getragen und sie hätte ihn zusammen mit ihren Freundinnen angeschaut und herrlich sentimental gefunden.

Den zweiten Teil, „Wie das Glück der Gärtnerin endet“, hätte sie sich auf jeden Fall erspart.

Von allem, was sie besessen hatte, war nichts geblieben. Keine Liebe, kein Mann, kein Kind. Weder die gemütlich eingerichtete Wohnung noch ihren Job hatte sie danach ertragen können, und so war sie irgendwie als Verkäuferin am Blumenstand gelandet und fristete ihr Dasein in den stillen Zimmern neben Frau Nieders Plüschrehen.

Dies hier war der einzige Garten, der ihr geblieben war, ein Meter mal ein halber. Eine winzige Fläche in der prallen Sonne. Es gab nur genug Platz für ein paar verstört wirkende Blumen, den Engel, ein kleines Licht und den Stein mit dem Namen und den Daten. Jeder, der vorbeiging, konnte lesen, dass dieses Kind nur drei Jahre alt geworden war.

Nick.

Jannas erdverschmierte Finger fuhren die Buchstaben nach. Der Stein war noch so neu, dass sie sich nicht an ihn gewöhnt hatte. Und daran, dass es dieses Grab gab, würde sie sich nie gewöhnen. Es war nicht richtig. Es war unmöglich, sich vorzustellen, dass er tatsächlich hier lag, ein paar Meter unter ihr. Sein kleiner Körper. Auch jetzt noch, vier Jahre später, wussten ihre Arme genau, wie es war, ihn zu halten. Seine Haare zu streicheln, seine Finger in ihrer Hand zu spüren.

Sie hockte da, aber ihre Gedanken wanderten davon. Dass ihr die Beine einschliefen, merkte sie nicht. Es wurde dunkel, doch auch davon bekam sie nichts mit. Überall auf den Gräbern leuchteten die roten Grablichter auf wie Glühwürmchen, und in der Luft lag ein Hauch Kälte, den die Nacht mitbrachte. Das dunkle Meer öffnete sich wie ein Schlund.

„Gott", flüsterte sie. „Wo bist du?"

Unzählige Male hatte sie Gott das gefragt. Sie hatte ihn angeschrien, ihn verurteilt, ihm ihren Glauben vor die unsichtbaren Füße geworfen.

Und er hatte nicht geantwortet. Natürlich nicht. Ihr kleiner Sohn war tot, und dieses Unglück hatte ihr ganzes Leben in Stücke gerissen. Mehr gab es dazu nicht zu sagen.

Ein Geräusch ließ Janna herumfahren. War da nicht etwas gewesen, eine Bewegung, ein Schatten?

Sie empfand keine Angst, nur der Ärger wallte in ihr hoch. Wann würde dieser Mann es endlich begreifen?

Janna stand auf. „Ben?", fragte sie mit schneidender Stimme.

Er wusste genau, dass sie ihn nicht auf dem Friedhof treffen wollte. Das hier gehörte ihr, ihr und Nick. Dies war der Ort, an dem sie zueinanderfinden konnten, an dem sie ihrem kleinen Sohn erzählen konnte, was heute und gestern vorgefallen war, was er verpasst hatte. Ben hatte hier nichts zu suchen.

Da war es wieder. Schritte auf dem Kies, kaum hörbar. Ein Rascheln, während der Wind durch die Sträucher fuhr. Im Brunnenbecken, wo man die Gießkannen füllen konnte, kräuselten sich die Wellen.

Erschrocken keuchte sie auf. Auf dem gemauerten Brunnenrand saß ein Mann, ein Fremder. Eben noch hatte sie gedacht, es sei Ben, aber natürlich war er es gar nicht. „Keine Angst", sagte er.

„Entschuldigung", stammelte sie hastig. „Ich dachte, es sei jemand anders." Sie wandte sich ab und las ihre Sachen auf. Die Plastiktöpfchen, in denen sie die Blumen hergebracht hatte, die kleine Kelle, die Handschuhe, die sie anzog, um nicht die kalte Erde auf der Haut spüren zu müssen.

Der Mann sprang von der Mauer auf die Füße. Trotz der Kälte trug er derbe Sandalen, und er hatte ein Kleid an. Nein, berichtigte sie sich, ein Gewand.

Es sah aber aus wie ein Kleid.

„Findest du?", meinte der Mann amüsiert und sah an sich herunter. „Ein Kleid?"

Hatte er gerade ihre Gedanken gelesen? Janna musste sie laut ausgesprochen haben, eine andere Erklärung gab es nicht.

„Ich muss los, ist schon viel zu spät", sagte sie rasch, obwohl es absolut keinen Grund gab, mit diesem seltsamen Kerl auch nur ein einziges Wort zu wechseln.

„Ja", bestätigte er, „du solltest los. Aber zu spät ist es noch lange nicht. Es kommt äußerst selten vor, dass es zu spät ist."

Sie rang sich ein gequältes Lächeln ab und hoffte, dass er ihre Einsilbigkeit richtig deuten würde. Entschlossen machte sie sich auf den Weg zum Tor.

„Ich könnte dir die Hacke und den Korb abnehmen, wenn du erlaubst."

War dieser unverschämte Typ etwa immer noch da?

„Nein danke."

Obwohl er eben noch hinter ihr gegangen war, stand er plötzlich schon am schmiedeeisernen Friedhofstor und öffnete es für sie.

„Wirklich, es macht mir nichts aus", beteuerte er.

Im gelblichen Licht der Straßenlaterne, die die Fahrräder der letzten Besucher beleuchtete, schien das helle Gewand des Mannes zu … *glimmen*? Das Licht fing sich in seinen dunkelbraunen Haaren und ließ sie heller wirken. Karamell, dachte sie.

Nein, von wegen Karamell! Schau ihn nicht so lange an, diesen Psychopathen, sonst fühlt er sich noch ermutigt.

„Ich trage das allein, vielen Dank", sagte sie schroff.

Sie hätte ahnen müssen, dass er sich nicht so schnell abwimmeln lassen würde. Wie ein streunender Hund, dessen Herz sie mit einem freundlichen Zuruf und einem halben Wurstbrot gewonnen hatte, heftete er sich an ihre Fersen.

Das und die Tatsache, dass es zunehmend dunkler wurde, verursachte ihr ein mulmiges Gefühl im Magen. Gott, was sollte sie tun, wenn er sie bis zu ihrem Haus verfolgte? Dann wusste er, wo sie wohnte. Irgendwie musste es ihr gelingen, ihn abzuhängen, aber sie war zu Fuß unterwegs, und weit und breit war nirgends ein Polizist zu sehen. Ein Handy hatte sie natürlich auch nicht dabei. Wenn sie auf den Friedhof ging, wollte sie nicht einmal daran denken müssen, dass jemand sie erreichen wollte. Außerdem hatte sich die Zahl ihrer Freunde und Bekannten in den vergangenen vier Jahren auf nahezu null reduziert.

„Übrigens, falls du dir Sorgen machst – ich bin kein Psychopath", sagte der Mann freundlich.

„Genau das würde auch ein Psychopath von sich behaupten", gab sie zurück.

„Sehe ich aus, als wäre ich verrückt?"

„Fragt einer, der in Sandalen und einem Kleid herumläuft."

„Touché." Doch dann fügte er ernster hinzu: „Hast du Angst vor mir?"

Janna warf ihm einen kritischen Blick zu. Er hatte oberflächlich betrachtet eine freundliche Ausstrahlung, aber sie konnte spüren, dass da noch mehr war. Eine Ahnung von … Gefahr? Er mochte aussehen wie ein harmloser Irrer, aber in dem Moment, als er seine Frage stellte, wusste sie genau, dass er ihr alles Mögliche antun konnte. Er war ein Mann. Er war zwar schlank, aber ziemlich breit in den Schultern, und sie hatte den Verdacht, dass sich unter diesem lächerlichen Kleid jede Menge Muskeln verbargen.

„Du musst dich nicht fürchten, Janna. Gott hat mich zu dir geschickt. Er will durch mich mit dir reden."

Sie keuchte auf. Er *war* verrückt. Oder er tat nur so.

„Woher kennen Sie meinen Namen? Ist das irgendeine Art von Scherz?", fragte sie, um ihre Beklommenheit zu überspielen. „Versteckte Kamera? Hat Kendra Sie engagiert?"

Kendra war die Einzige ihrer Freundinnen, der sie so etwas zutraute. Doch meistens gelang es Kendras Mann Reinhard, sie zu bremsen. Auf Reinhard war normalerweise Verlass.

„Kendra? Sie hatte zwar die Idee, dir einen Clown zu schicken, um dich aufzuheitern, aber sie verhandelt noch über den Preis. Nein, du selbst hast mich engagiert, wenn man so will. Du hast gerade eben nach Gott gerufen. Du hast gefragt, wo er ist. Und, trara …" Er breitete die Arme aus und drehte sich einmal im Kreis.

Janna trat einen Schritt zurück, als er ihr die Hand entgegenstreckte.

„Du kannst mich Manuel nennen. Und fall jetzt bitte nicht in Ohnmacht."

Das hatte sie nicht vor, garantiert nicht. Sie glaubte ihm nämlich kein Wort.

Ein Engel namens Manuel? Das war doch einfach zu blöd.

Janna ließ Hacke und Korb fallen und rannte davon.

Als sie mit zitternden Fingern die Haustür aufschloss, drehte sie sich suchend um, aber es war ihr tatsächlich gelungen, ihn abzuhängen. Schwer atmend rannte sie die Treppe hinauf.

Beinahe hätte sie vor Frau Nieders Wohnung ein winkendes Eichhörnchen umgestoßen. Ein rascher Blick ins Treppenhaus – nichts. Ihr Verfolger hämmerte auch nicht unten gegen die Milchglasscheiben.

Erleichert flüchtete sie in ihr Zuhause und lehnte sich gegen die Tür. Was für ein Irrer.

In diesem Moment klingelte es.

Sie fuhr herum und starrte durch das kleine runde Guckloch in den Flur. Da stand Manuel, natürlich, wer sonst, mitsamt ihrer Hacke und dem Korb, und lächelte entwaffnend. Wie war er bloß ins Haus gekommen? Hatte er bei einem der Nachbarn geklingelt? Und woher wusste er, wo sie wohnte?

„Verschwinden Sie, oder ich rufe die Polizei!"

„Ich hab dir deine Sachen gebracht", sagte Manuel. „Und die Polizei solltest du lieber nicht rufen. Ich bin wirklich ein Engel. Ehrlich."

Jetzt hatte sie ihn. „Und warum", rief sie durch die Tür, „sollte ich dann nicht die Polizei herbitten? Als Engel haben Sie ja wohl nichts von denen zu befürchten."

„Nein, ich nicht, aber überleg doch mal: Wie hört sich das denn an, wenn du der Polizei erzählst, dass du Hilfe brauchst, weil ein Engel vor deiner Tür steht?"

Er war tatsächlich verrückt, wenn er glaubte, sie würde ihn für ein übernatürliches Wesen halten.

„Sie sind kein Engel. Es gibt keine Engel!"

„Du glaubst an Gott. Warum dann nicht auch daran, dass er dir einen Boten schicken könnte?"

„Ich glaube nicht an Gott!", rief sie. „Nicht mehr! Und außerdem: Können Sie etwa nicht durch verschlossene Türen gehen?"

„Oh, ich könnte schon", gab er zurück. „Aber ich brauche eine Einladung."

Noch ein Fehler. „Verwechseln Sie da nicht etwas? Vampire muss man einladen, über die Schwelle zu treten, aber doch keine Engel!"

„Dieser Irrglaube beruht auf einer nicht unbedeutenden Verwechslung", meinte er. „Das Böse kommt ungerufen, es nutzt jede Lücke in der Abwehr, jeden noch so kleinen Spalt, um hereinzuschlüpfen, und dann wird man es nicht mehr los. Das Gute jedoch drängt sich nicht auf. Niemals. Es wartet darauf, eingelassen zu werden, und wenn man es nicht will, klammert es sich nicht fest, sondern geht."

„Ein gutes Stichwort. Gehen Sie weg! Ich lasse Sie nicht rein!"

„Okay", sagte Manuel. „Ich warte dann draußen, falls du es dir noch anders überlegst. Ach, und deine Gartengeräte bringe ich schon mal in den Keller."

„Sie haben doch gar keinen Schlüssel", sagte Janna noch, aber der Blick durch den Spion verriet ihr, dass er bereits fort war. Es sei denn, er versteckte sich hinter Frau Nieders großer Vase.

Erleichtert atmete sie auf. Ein Verrückter in einem Kleid, auch das noch. Ein Engel? Die einzigen Engel, an die sie glaubte, waren klein, pausbäckig und aus Kunststein.

Leberwurstbrote und Tränen

Nach einem Blick aus dem Fenster verflog Jannas Freude. Sie dachte, sie hätte ihn ausgetrickst, ihn mit seinen eigenen Waffen geschlagen. Da ein echter Engel darauf verzichten würde, sich mit Gewalt Zutritt zu verschaffen, musste der Mann auf jeden Fall aufgeben und verschwinden.

Er hatte das Haus auch tatsächlich verlassen, doch verschwunden war er nicht. Manuel saß draußen auf einer Bank und blätterte in einer Zeitschrift.

In diesem Moment beschloss Janna, dass es an der Zeit war, die Polizei einzuschalten. Ein freundlicher Beamter versicherte ihr, sie würden sich um den lästigen Besucher kümmern, doch als wenig später der Streifenwagen an ihrem Wohnblock vorbeifuhr, ohne anzuhalten oder Manuel Beachtung zu schenken, fand sie das doch etwas seltsam. Auch als sie ein zweites Mal anrief, war man sehr nett zu ihr. Man habe keine verdächtigen Personen bemerkt, alles in Ordnung, die Polizisten würden bei Gelegenheit noch mal durch ihre Straße fahren, wenn etwas nicht stimmen sollte, könne sie sich gerne wieder melden.

Janna blickte aus dem Fenster. Manuel war in seine Zeitschrift vertieft, er schien darin herumzukritzeln. Wie blind waren denn diese Beamten? Da saß er doch! Die Polizei würde ihr keine Streiche spielen, oder?

Schließlich hielt sie es nicht mehr aus und klingelte bei ihrer Nachbarin.

„Ist alles in Ordnung?“, fragte Frau Nieder besorgt.

„Wenn Sie für mich nach draußen schauen könnten? Ich dachte, ich hätte gesehen, dass jemand auf der Bank vorne am Gehweg herumlungert…"

Frau Nieder tat ihr den Gefallen und kam kopfschüttelnd zurück. „Jetzt haben Sie mir aber einen Schrecken eingejagt! Nein, da ist niemand."

Konnte Kendra, ihre übereifrige Freundin, sogar die strenge, absolut humorlose Frau Nieder dazu überreden, bei einem solchen Streich mitzumachen?

Janna wagte es kaum, sich selbst noch einmal davon zu überzeugen, dass Manuel, als könnte er kein Wässerchen trüben, unter der Laterne las und darauf wartete, dass sie ihn hereinbat.

„Was ist denn los?", rief Frau Nieder Janna nach, als diese wortlos aus der Wohnung rannte.

Sie verbarrikadierte sich in ihren vier Wänden, zog sämtliche Vorhänge vor, ließ die Rollläden herunter, wickelte sich in ihre Kuscheldecke und hielt sich die Ohren zu. Nach einer Weile kam ihr das albern vor, und sie kochte sich einen Tee, wobei sie zum ersten Mal seit langer Zeit ihr Ritual vergaß. Während sie den Tisch für ihr einsames Abendbrot deckte, rasten die Gedanken in ihrem Kopf herum wie ein wild gewordener Hornissenschwarm.

Vielleicht hatte der Kummer sie verrückt gemacht. Das kam ja immer wieder vor. Eine Zeit lang hatte sie sich sogar gewünscht, dass irgendeine Sicherung in ihrem Kopf durchbrannte. Sie hatte gehofft, dann würde es weniger wehtun.

Das ist doch Wahnsinn, hatte Ben gerufen, als sie anfing, ihre Schritte zu zählen, vom Kühlschrank zum Küchentisch und wieder zurück. Er hatte nicht begriffen, wie tröstlich es war, dass sich manche Dinge abmessen ließen, während das dunkle Meer sich endlos unter ihr ausbreitete .

Also war es schließlich doch passiert – der Schalter hatte sich umgelegt. Oder dort draußen auf der Bank saß tatsächlich ein Engel.

Nachdem Janna eine Weile lustlos an ihrem Toastbrot geknabbert hatte, stand sie auf und holte einen zweiten Teller aus dem Schrank, einen Becher, Besteck. Auf einmal kam ihr der Tisch schäbig vor, das Essen zu einfach, zu langweilig, alles so lieblos und hastig hergerichtet. Kurz entschlossen zog sie ins Wohnzimmer um, holte die gute Tischdecke aus dem Schrank und die teuren Kristallgläser, die sie seit dem Unfall nicht mehr benutzt hatte. Irgendwo musste noch eine Flasche Wein herumstehen, ah, hier. Schon besser. Mit neuem Schwung plünderte Janna den Kühlschrank, fand ein paar sehr weiche, aber noch essbare Tomaten, etwas Käse, im Gefrierfach lagerte sie zum Glück noch ein paar Kräuter. In der weißen Porzellanschale wirkte es richtig appetitlich. Rasch alles angerichtet, eine Kerze in die Mitte gestellt.

Gut.

Plötzlich fiel ihr ein: Essen Engel überhaupt?

Sie hatte keine Ahnung, das musste sie Manuel fragen. Schon beinahe wieder froh stieg sie durchs kalte Treppenhaus hinunter, trat in die Herbstluft hinaus, in den späten, sternenlosen Abend.

Manuel kritzelte im trüben Laternenlicht in seiner Zeitschrift herum, aber als sie näher trat, blickte er auf und lächelte. „Gut, dass du da bist. Hirnstromkurvenmesser mit drei Buchstaben?"

„Wie bitte?" Sie blieb vor ihm stehen. „Was tun Sie da?"

„Kreuzworträtsel lösen", sagte er. „Ich liebe Kreuzworträtsel. Allein schon das Wort: Kreuz-Wort-Rätsel. Das hat was. Und wie sich dann aus dem Zusammentreffen der Buchstaben die neuen Wörter ergeben, das ist genial."

„Sind Sie wirklich ein Engel?", fragte sie. „Oder entspringen Sie meiner Fantasie?"

Mit einem feierlichen Gesichtsausdruck streckte er ihr die Hand entgegen. „Manuel, Engel."

Sie zögerte, ihn anzufassen. Wenn er nur eine Illusion war, würde die Gestalt nicht wie eine Seifenblase zerplatzen, sobald Janna versuchte, sie zu berühren?

Doch die Hand, die jetzt die ihre umfasste, war fest und warm und real.

„Janna, Mensch", sagte sie. „Sehr erfreut. Darf ich dich zum Abendessen einladen?"

„Oh, gerne." Der Engel ließ die Zeitschrift in den Falten seines Gewandes verschwinden und folgte ihr ins Haus.

Was auch immer Manuel war, ein körperloser Geist war er nicht. Er nahm Raum ein. Der wackelige Stuhl ächzte und knarrte unter seinem Gewicht. Außerdem verfügte er über einen gesunden Appetit. Mit beängstigender Geschwindigkeit vertilgte er die Tomaten und eine Brotscheibe nach der anderen, die er dick mit Butter und Leberwurst bestrich.

„Was ist?", fragte er, als er ihren verwirrten Blick bemerkte.

„Du isst Fleisch. Komisch, ich hätte gedacht, wenn es sie denn schon gibt und wenn sie überhaupt Nahrung zu sich nehmen, dann wären Engel bestimmt Vegetarier. Rein und heilig, du weißt schon. Weißer Tee in Porzellanschälchen und dazu ein paar Apfelschnitze und Feigen."

„Duftreis aus dem Himalaya?", schlug Manuel mit einem fröhlichen Grinsen vor. „Mandelmilch?"

„Ja, und natürlich Fair Trade und Bio."

„Du hast mich eingeladen", sagte er. „Und ich esse, was es bei dir gibt. Ich bin kein Gast, der herummäkelt und für den du extra etwas Besonderes auftischen musst. Ich habe natürlich meine Vorlieben – für Tomaten mit Mozzarella könnte ich sterben! Oder gegrillter Fisch mit Rosmarin, ein Gedicht!"

„Da bin ich ja froh, dass ich wenigstens mit den Tomaten deinen Geschmack getroffen habe."

„Ja, das hast du. Ich danke dir." Manuel sah sie über den Rand seines Glases hinweg nachdenklich an. „Es war wunderbar. Und ansonsten passe ich mich an. Nichts gegen deine Leberwurstbrote, die waren wirklich gut! Aber selbst wenn das Brot verschimmelt wäre und die Wurst das Mindesthaltbarkeitsdatum schon vor Wochen überschritten hätte, würde ich mich nicht beschweren. Es könnte mir nicht schaden. Engel sind von robuster Natur. Ich bin kein ätherisches Wesen aus Papier und Federn." Sein Blick schweifte über die Kraniche und die Orchideen aus Seidenpapier. „Ich bin nicht zu dir gekommen, um dich zu kritisieren und deine Gewohnheiten von heute auf morgen zu ändern."

Janna trank einen großen Schluck Wein. „Du bist also nicht da, um mein Leben umzukrempeln. Was mich zu der Frage bringt: Warum bist du dann hier?"

Manuels sanfte braune Augen glitzerten. „Du kommst also gleich zum Punkt."

„Und? Bringst du mir die Nachricht, dass ich sterben muss? Dass ich bestraft werde, weil ich Gott Vorwürfe gemacht habe? Bekomme ich noch eine letzte Aufgabe, bevor ich diese Welt verlassen muss? Was ist es? Was willst du von mir?"

„Ich will nichts von dir, sondern alles für dich."

„Was?", rief Janna. Sie stand so hastig auf, dass sie ihren Stuhl umstieß. Auch das Weinglas kippte um und rollte zur Seite. Ein roter Schwall ergoss sich über die weiße Tischdecke, tropfte auf den hellen Teppich. Zornig fegte sie die Porzellanschale vom Tisch. „Was soll das? Niemand sonst bekommt Besuch von einem Engel, warum ausgerechnet ich? Warum ausgerechnet jetzt?"

Manuel ließ den Sturm ungerührt über sich ergehen. „Du irrst dich", sagte er, als sie endlich fertig war. „Du bist nicht die Einzige. Und ich bin nicht erst jetzt zu dir gekommen. Ich war schon immer da. Ich habe deinen Körper im Bauch deiner Mutter geformt, ich habe dich begleitet, als du deine Augen aufgeschlagen und deine ersten Schritte getan hast. Ich bin gekommen, wenn du mich gerufen hast, und wenn du mich wütend weggeschickt hast, bin ich in deiner Nähe geblieben und habe auf die heimlichen Rufe deines Herzens gehört. Ich bin hier bei dir, Janna. Das Einzige, was sich geändert hat, ist, dass du mich nun sehen kannst. Es ist ein Geschenk, das ich dir gewähre, und wenn du es nicht willst, werde ich deine Augen wieder verschließen. Alles kann so sein wie vorher. Aber du hast gefragt, wo Gott ist." Seine Augen ruhten voller Liebe auf ihr. „Er steht mit dir an Nicks Grab."

„Lass Nick aus dem Spiel! Was nützt es mir, dass du jetzt hier bist! Wo warst du, als er gestorben ist, das frage ich dich. Wo warst du damals?"

Sie konnte es nicht ertragen, den Engel an ihrem Tisch sitzen zu sehen, jetzt, wo er ihr nicht mehr helfen konnte, jetzt, da es längst zu spät war. Wutentbrannt stürmte sie aus dem Zimmer und schloss sich im Bad ein, wo sie ihren Tränen freien Lauf ließ.

Ihre Hände krallten sich in ein Handtuch, wie ein Kind presste sie es an ihre Brust.

Nick …

„Was nützt mir ein Engel, der nicht eingreift? Was nützt mir ein Gott, der zusieht, während das Schreckliche passiert?“

Als keine Tränen mehr kamen und sie sich leer und wund fühlte, nahm sie die Geräusche wahr. Wasser rauschte, Türen klapperten. Was tat er bloß in ihrer Wohnung?

Vorsichtig öffnete sie die Tür und spähte hinaus. Eine Bewegung, wie von einem hellen Gewand. Er eilte hin und her, dann wieder fließendes Wasser …

„Was machst du da?“

Manuel kniete auf dem Boden. Neben ihm stand ein Eimer, aus dem er gerade einen tropfenden Lappen herausfischte. Ein Päckchen Salz stand neben ihm.

„Weinflecken gehen nicht mehr raus, wenn man zu lange wartet“, erklärte er und tupfte mit dem nassen Lappen auf dem Teppich herum.

Janna bemerkte, dass der Tisch abgeräumt war.

„Die Tischdecke habe ich im Spülbecken eingeweicht, weil du das Bad blockiert hattest“, erklärte Manuel, ohne seine Arbeit zu unterbrechen. „Wenn du sie auswäschst, sollte eigentlich nichts mehr zu sehen sein.“

Er warf den Lappen in den Eimer und stand auf. „Dem Teppich geht es gut. Noch etwas feucht, aber wie neu.“

Ungläubig starrte Janna auf die Stelle, an der vorhin noch ein großer dunkelroter Fleck geprangt hatte.

„Du hast … aber das wäre doch nicht nötig gewesen. Du bist mein Gast.“

„Ich bin hier, um dir zu dienen“, erklärte er, während er Salz, Eimer und Lappen forträumte. Offensichtlich kannte er sich in ihrem Haushalt bestens aus. Er wusste sogar, in welcher Schublade sie den Sekundenkleber aufbewahrte. Wie gebannt sah sie zu, während er die Scherben der zerbrochenen Schale sorgfältig nebeneinanderlegte.

„Das lohnt sich nicht mehr.“

„Vielleicht doch.“ Behutsam und mit geschickten Händen klebte er die Bruchstücke zusammen.

„Man sieht es trotzdem“, sagte sie. Wie ein feines Netz liefen die Risse durch das feine Porzellan. „Wenn du es schon reparieren willst, warum klatschst du nicht einmal in die Hände und machst es wieder ganz?“

„Abrakadabra?“, fragte er. „Ich bin kein Zauberer. Was geschehen ist, ist geschehen. Man sieht es, ja, aber es fällt kaum auf. Du kannst die Schale wieder benutzen.“

„Das ist nicht dasselbe.“

Mitfühlend musterte er die Spuren, die die Tränen auf ihrem Gesicht hinterlassen hatten.

„Es tut mir so leid“, sagte er leise. „Du und Ben … was ihr durchmachen musstet. Es gibt keine Worte dafür.“

„Wie kannst du das sagen?“, fuhr sie ihn an. „Dass es dir leidtut? Wenn du da warst, warum hast du es nicht einfach verhindert? Es hätte dich so wenig gekostet. Wir haben doch sonst immer aufgepasst. Wenn ich daran gedacht hätte nachzuschauen, wenn ich ihn vorher erwischt und festgehalten hätte, wäre er nicht auf die Auffahrt gerannt.

Nur ein Gedanke, nur … " Die Stimme versagte ihr, aber sie räusperte sich, sie rang um jedes Wort. Der Engel war hier, und endlich konnte sie loswerden, was sie innerlich zerriss. Die Wut, die sie den Glauben gekostet hatte. „Wie kannst du es wagen, mich trösten zu wollen? An jenem Tag, da hätte ich dich gebraucht. Oder später im Krankenhaus, diese schrecklichen zwei Wochen … warum ist das Wunder nicht eingetroffen, um das wir gebetet haben? Alle haben uns versichert, dass Gott Wunder vollbringen kann. Vielleicht für andere – für uns gab es jedenfalls keins! Keine Heilung. Nur Nicks kleines blasses Gesicht auf dem Kissen. Nur ein paar Tage Hoffen und Bangen. Wo warst du da? Erklär es mir. Erkläre es so, dass ich es verstehe, und vielleicht verzeihe ich dir dann sogar. Aber sag nicht noch einmal, dass es dir leidtut! Oh Gott, sei doch endlich still!"

Manuel schwieg, wie sie es verlangt hatte. Er gab ihr keine Erklärung. Stattdessen ging er in die Küche und setzte Teewasser auf.

Janna kauerte sich aufs Sofa, während das Wasser im Kocher zu brodeln begann. Manuel kramte im Schrank.

„‚Sommerbeeren' oder ‚Schöne Träume'?"

„Warum fragst du? Weißt du nicht auch so, was ich will? Kannst du nicht bis in mein Herz sehen?"

Manuel erschien im Türrahmen, in jeder Hand eine Teepackung. „Oh, ich weiß durchaus, was du dir in deinem Herzen wünschst. Keinen Tee, sondern einen Zaubertrank. Etwas, das dich alles vergessen lässt, etwas, das deine

Wunden heilt und die Nacht vertreibt. Aber wir sind hier nicht im Märchen, und in deinem Küchenschrank gibt es nur Beerenmischung oder Kräutertee. Also?“

„‚Schöne Träume‘“, sagte Janna. „Die kann ich gebrauchen.“

Er nickte und verschwand wieder. Sie hörte ihn dort hantieren, und die Wunde in ihrem Inneren begann zu bluten, statt sich zu schließen. Es war so lange her, dass ihr jemand einen Tee gekocht hatte. Wann hatte sich das letzte Mal jemand um sie gesorgt und sich um ihr Wohlergehen gekümmert? Seit Ben gegangen war, erledigte sie alles allein.

„Hier, bitte schön.“ Der Engel reichte ihr einen dampfenden Becher und setzte sich ihr gegenüber in den großen Sessel, der früher Bens Lieblingsplatz gewesen war. Sie hatte das klobige Möbelstück nicht mitnehmen wollen, als sie umgezogen war, aber Reinhard hatte ihn ins Wohnzimmer geschleppt und sich ächzend hineinfallen lassen. Wenn er zu Besuch kommen würde, hatte er gesagt, dann wäre dieser Sessel unbedingt nötig.

Reinhard kam jedoch nie zu Besuch, weil Janna ihn und Kendra nicht einlud. Und da es in diesem Haus keinen Fahrstuhl gab und sie niemanden hatte, der ihr geholfen hätte, das Stück an die Straße zum Sperrmüll zu stellen, stand Bens Sessel immer noch da.

Der Engel lümmelte sich hinein. „Und?“

„Was, und?“

„Darf ich bleiben? Ich habe dir gesagt, dass ich gehe, wenn ich nicht willkommen bin."

„Und dass du in der Nähe bleibst."

„Ja", sagte er. „Du wirst mich nicht dazu bringen, dich ganz und gar allein zu lassen. Aber wenn du Abstand willst, respektiere ich das."

Janna nippte an ihrem Tee. Er war heiß und duftete nach Kräutern und wie eine Wiese im heißen August. Fast meinte sie, das Rascheln der Gräser zu hören.

„Werde ich Antworten bekommen? Erklärungen?"

„Ja und nein", sagte er.

„Was soll das denn heißen?", brauste sie auf. „Du drückst dich? Du willst mir nicht erklären, warum du zugelassen hast, dass Nick stirbt, dass meine Ehe zerbricht, dass mein ganzes Leben den Bach runtergeht? Warum bist du dann hier? Um mir zu sagen, dass du auch keine Antworten hast, dass du nicht schlauer bist als ich? Oder dass du zwar alles weißt, aber keine Lust hast, mir irgendetwas davon anzuvertrauen?"

Manuel ließ sich von ihrem anklagenden Tonfall nicht provozieren. „Ich werde dir manches erklären und über anderes schweigen – nicht, weil es keine Erklärungen gibt, sondern weil einige Antworten nur das Herz begreifen kann und nicht der Verstand. Und ich sage dir jetzt schon, dass du nicht zufrieden sein wirst. Es ist also keine ganze Antwort, die ich dir geben kann, sondern nur eine halbe."

„Immerhin", sagte sie. „Besser eine halbe Antwort als gar keine. Nur her damit."

„Wann der richtige Zeitpunkt ist, bestimme ich."

„Das ist unfair."

Er zuckte die Achseln. „Du wärst überfordert, wenn ich dir jetzt auf einen Schlag alles sagen würde, was du Gott jemals fragen wolltest. Vertrau mir."

Janna blies in ihren Tee, in dem ein paar kleine Blättchen verloren herumschwammen. „Darauf läuft es hinaus, oder? Auf Vertrauen."

„Und, gehst du darauf ein? Vertraust du mir?" Auf einmal klang er so verletzlich, dass sie überrascht aufblickte.

Er sah kleiner aus, menschlicher. Seine Hand umschloss krampfhaft die Lehne.

Meine Güte, dachte Janna, *warum ist er so nervös? Meinetwegen? Bedeutet es ihm so viel, ob ich es ihm überlasse, wann er mir antwortet?*

Sie wollte nicht warten. Tausend Fragen brannten ihr auf der Zunge. Am liebsten hätte sie ihn bei den Schultern gepackt und geschüttelt. Hätte ihn angeschrien, so wie sie es ja tatsächlich schon getan hatte: *Warum warst du nicht da? Warum hast du nicht eingegriffen?*

Aber wenn sie den widerspenstigen Engel jetzt rauswarf, würde sie nie irgendeine Art von Antwort erhalten.

„Na gut", meinte sie schließlich. „Einen Blankoscheck in Sachen Vertrauen werde ich dir nicht ausstellen, aber du darfst bleiben, bis ich meine Erklärung habe. Was habe ich schon zu verlieren?“

Manuel verzog das Gesicht. „Das ist nicht ganz das, worauf ich gehofft hatte… aber es wird reichen, jedenfalls fürs Erste.“

Er sprang auf und verschwand in der Küche; zum zweiten Mal kam er mit einem dampfenden Becher zurück.

„Danke“, sagte Janna, „aber ich hab noch.“

„Dieser Tee“, meinte Manuel mit einem langgezogenen Seufzer, „ist für mich. Mit Schuss.“

Ein Geschenk

Du willst doch nicht etwa mit?“ Janna starrte Manuel an, der gerade hingebungsvoll ihre Stullen mit Gurkenscheiben und Petersilienblättchen verzierte. „Zur Arbeit kann ich durchaus allein fahren.“

„Sonst bin ich ja auch dabei“, meinte der Engel ungerührt.

„Du bist da? Im Supermarkt? Es ist laut, das Licht ist zu grell, die Musik unerträglich, und die Leute stapfen an mir vorbei, ohne mich zu sehen. Von der miesen Bezahlung will ich gar nicht erst reden. Was hat ein Engel in all dem verloren?“

Er hob die Augenbrauen. „Du hast ja so recht! Ich sollte lieber in die Karibik abschwirren. Sonne, Meer und Strand.“

Fassungslos starrte sie ihn an, bis er zwinkerte. „Mal im Ernst. Wenn wir uns auf die schönen Plätze auf dieser Erde beschränken und auf Berggipfeln im Licht baden würden, hättet ihr nicht besonders viel davon, stimmt's?“

Ohne ein weiteres Wort reichte er ihr das Pausenfutter. Es war wie in ihrer Kindheit, wenn ihre Mutter ihr die Brote für die Schule geschmiert hatte. Immer wieder hatte es kulinarische Überraschungen gegeben: mal ein Ei, mal etwas Süßes oder ein Tütchen mit Kirschen.

„Na gut“, murmelte sie. „Dann komm.“

Als sie das Rad aus dem Keller schob, hielt er ihr die Tür auf.

„Und du? Willst du nebenherjoggen? Oder fliegst du einfach?“ Sie hätte gerne gesehen, wie er flog. Aber vermutlich wäre ihr das Ganze dann noch unwirklicher vorgekommen, als es jetzt schon der Fall war.

„Ich setze mich auf den Gepäckträger."

„Das ist gefährlich. Dein Gewand könnte in die Speichen geraten."

Er grinste wieder. „Ich pass schon auf."

Janna zögerte. Es kam ihr komisch vor, einen Engel auf dem Gepäckträger spazieren zu fahren. „Ich hab noch ein zweites Rad." Es gehörte Ben. Er hatte alles zurückgelassen, so eilig hatte er es damals gehabt, zu seiner neuen Freundin zu ziehen. Wie so vieles andere hatte sie es loswerden wollen, doch ihre Umzugshelfer hatten einfach alles mitgenommen, was nicht niet- und nagelfest war, und später war sie nie dazu gekommen, es zu verkaufen.

„Das könnte die Sensation des Tages werden", meinte Manuel. „Wenn ein herrenloses Fahrrad wie ferngesteuert durch die Straßen saust."

„Na gut, du darfst dich auf den Gepäckträger setzen."

Sie hatte gedacht, es würde kinderleicht sein, doch der Engel war schwer, und das Rad schwankte bedenklich. Sie erinnerte sich daran, wie es gewesen war, mit Nick auf dem Fahrradkindersitz zu fahren. Wenn er allzu wild herumgezappelt hatte, war es genauso schwierig gewesen, das Rad im Gleichgewicht zu halten.

„Sitz still und halt dich gerade."

„Zu Befehl, Sir", sagte der Engel, lachte und warf die Arme in die Luft.

„Du wirst noch runterfallen. Du bist unsichtbar, man könnte dich überfahren."

Hastig biss sie sich auf die Lippen. „Überfahren" war eines der verbotenen Wörter, eines, die das Tor zum Schmerz öffneten.

„Und wenn schon", sagte er trotzig. „Hast du dir nicht genau das gewünscht – dass Gott dasselbe passiert wie Nick? Wenn ich denselben Schmerz erleiden muss wie er, müsste dich das doch glücklich machen."

Mit gesenktem Kopf radelte sie weiter.

„Das ist ein Umweg", sagte der Engel, als sie abbog, um nicht in Sichtweite des Parks zu gelangen.

Dort, wo das Bronzemädchen starr dastand, ohne dass ihm die Beine zu zittern begannen. Wo die kleine Tänzerin ihren leeren Blick auf die Teiche richtete, als würde sie auf etwas warten. Es musste etwas Schreckliches sein, das sie mitten in der Drehung eingefroren hatte.

„Was ist der wahre Grund für deine Angst vor dem Park?"

„Hör auf!", befahl sie ihm schroff. „Warum quälst du mich? Weißt du nicht sowieso alles?"

„Ich schon", meinte er. „Aber was ist mit dir?"

Zwischen den Blumen in ihren Töpfen und Eimern wirkte der mächtige Engel irgendwie fehl am Platz. Es war, als würde man einem Löwen einen Kranz aus Gänseblümchen auf die Mähne drücken. Manuel beugte sich zu den langstieligen Rosen hinunter und schnupperte daran.

„Ich weiß, dass sie nicht duften", sagte Janna gereizt. „Sie sind beinahe schon künstlich."

Der Engel pustete auf eine halb geschlossene Knospe, und die Rose blätterte sich auf. Ein Duft wehte durch den Eingangsbereich des Supermarkts, und die Kunden, die sonst wie betäubt mit voll beladenen Einkaufswagen vorbeieilten, hoben die Köpfe. Die Rose glühte, als würde sie von einem inneren Feuer beleuchtet, und Bilder lagen plötzlich in der Luft, Bilder von heißen Sommern und wilden Gärten. Janna sah sich in ihrer grünen Gärtnerinnenschürze, wie sie das Rosenbeet im Stadtpark angelegt hatte. Neben ihr stand Ben, für sie damals noch „Herr Steiner", und stammelte irgendetwas von einem Künstler, den er besuchen wollte, und ob sie nicht Lust hätte mitzukommen? Als sie sich zu ihm umdrehte, war er vor Aufregung rot im Gesicht, und den Lageplan in seinen Händen hatte er, ohne es zu merken, in einen zusammengeknüllten Ball verwandelt.

„Hör auf!" Blind vor Zorn und Schmerz schrie sie den Engel an. „Mach, dass es weggeht! Sie sollen nicht duften! Hör sofort auf!"

„Es war nie eine künstliche Rose", sagte Manuel. „Es war schon immer eine echte."

„Du sollst damit aufhören! Schluss!"

Irritierte Blicke streiften sie. Beschämt verstummte sie, als ihr klar wurde, dass sonst niemand den seltsam gewandeten Mann sehen konnte. Sie führte sich auf wie eine

Verrückte. Und dann, es hätte nicht schlimmer kommen können, löste sich eine Frau aus der Menge der Kunden und kam direkt auf Janna zu. Marion. Warum musste sie ausgerechnet jetzt auf ihre schlimmste Feindin treffen?

„Mach, dass sie weitergeht!“, zischte sie Manuel zu. „Schnell!“

Doch Marion stolzierte unbeirrt auf den Blumenstand zu, und der Engel rührte keinen Finger, um sie aufzuhalten.

Das war die Frau, zu der Ben gezogen war, als die Vorwürfe und das Geschrei und die Tränen sich in ohnmächtigen Hass verwandelt hatten. Und während Janna sich von der hübschen blonden Gärtnerin in ein blasses, ausgezehrtes Etwas verwandelt hatte, war Marion mit dem schicken Kurzhaarschnitt und der Designerbrille unverändert attraktiv.

Die Welt war nicht gerecht.

Die Welt war nicht gerecht, und nicht einmal Engel konnten etwas daran ändern.

„Alles in Ordnung?“ Marion stand nun dicht vor ihr und blickte besorgt drein.

Die konnte sie mal, diese Zicke. Was hatte sie überhaupt hier im Supermarkt zu suchen? Ben kaufte nie hier ein, obwohl er früher süchtig nach dem Fladenbrot und dem gegrillten Gemüse des türkischen Händlers gewesen war.

„Janna? Geht es dir gut?“

„Hallo, Marion“, soufflierte der Engel.

„Hallo, Marion“, echote Janna.

„Du hast auch schon mal besser ausgesehen“, sagte Marion. Sie klang weder feindselig noch zickig. Etwas müde vielleicht. Und ehrlich besorgt. Obwohl sie wie immer perfekt geschminkt war, waren dunkle Ringe unter ihren Augen zu erahnen. „Wird es nicht langsam … leichter? Ich meine, es ist schon vier Jahre her.“

„Nein“, sagte Janna, „wird es nicht.“

Sie würde nicht mit dieser Frau über Nick sprechen. Garantiert nicht. Mit dieser Frau, die zwei gesunde Töchter hatte, die Ben „Papa“ nannten.

Marion seufzte. „Hast du mal wieder was von Ben gehört?“

Am liebsten hätte Janna ihr die Rosen um die Ohren gehauen. Und ihr dann den schwarzen Eimer über den Kopf gestülpt. Aber sie beherrschte sich.

„Das fragst ausgerechnet *du* mich?“

„Ach so“, sagte Marion. „Ich dachte … Wir sind nicht mehr zusammen. Ich dachte, du hättest es schon gehört.“

Für Schadenfreude fehlte Janna die Kraft. „Nein, das wusste ich nicht.“

Das Scheitern hatte den Triumph aus Marions Augen gewischt. Auf einmal wirkte sie wie eine ganz normale Frau und nicht mehr wie eine tückische Hexe.

„Nun ja … Okay, dann muss ich mal weiter.“

War sie extra deshalb zum Einkaufen hergekommen? Um herauszufinden, ob Ben zu Janna zurückgekehrt war?

Aber das würde er nicht tun. Nach dem, was sie zueinander gesagt hatten, gab es keinen Weg zurück.

„Hier“, hörte sie sich sagen, „für dich.“

Mit einem verwirrten Lächeln nahm Marion die Sonnenblume entgegen.

Dabei war Janna nicht weniger verwirrt.

„Warum habe ich das getan?“, fragte sie, sobald ihre ehemalige Rivalin verschwunden war. „Ich kann sie nicht ausstehen.“

„Sie hat Ben aufgefangen, als du es nicht konntest“, sagte Manuel. „Vielleicht hast du sie gar nicht so sehr gehasst, wie du immer dachtest.“

„Sie sieht traurig aus. Aber das sollte mir ja eigentlich egal sein.“

Am meisten hatte sie sich vor der Nachricht gefürchtet, Ben und Marion könnten ein gemeinsames Kind bekommen. Daraus würde ja nun nichts mehr werden.

„Machst du dir keine Gedanken darüber, wie es ihm geht? Ihr seid schließlich immer noch verheiratet.“

„Warum sagst du es mir nicht einfach? Ist er am Boden zerstört? Oder ist er mit der Nächsten weitergezogen? Du musst es doch wissen.“

„So funktioniert das nicht“, meinte Manuel. „Aber ich kann dir ein paar Tipps geben, wie du es rausfindest.“

„So sehr interessiert es mich nun auch wieder nicht“, sagte Janna. „Und nun sei still, da kommen Kunden. Am besten, du verschwindest einfach.“

Er nickte und ging, und sie nahm sich fest vor, kein einziges seiner Pausenbrote zu essen.

Sie hatte gedacht, sie hätte Manuel verloren. Vertrieben, so wie sie alle aus ihrer Nähe vertrieben hatte, Ben und ihre Eltern und ihre Freunde.

Doch am Abend klopfte der Engel an die Tür, und als sie ihm öffnete, stand er mit einem Lächeln und einer kleinen weißen Tüte im Flur.

„Was –?"

„Ein Geschenk für dich", sagte Manuel, marschierte schnurstracks zum Esstisch und kippte die Tüte darüber aus.

Erde rieselte auf die Tischplatte, und dann purzelten glänzende, dunkelbraune Zwiebeln heraus.

„Das soll mein Geschenk sein? Ein schmutziger Esstisch?"

„Du weißt, was das ist, Frau Gärtnerin", sagte er.

Natürlich wusste sie es. Das waren keine Gemüsezwiebeln, sondern Tulpenzwiebeln. Es war Herbst, und er schenkte ihr Tulpenzwiebeln. Seit vier Jahren hatte sie keine mehr gepflanzt, und sie hatte nicht vor, jetzt wieder damit anzufangen. „Steck dir deine dämlichen Zwiebeln sonst wo hin."

Er lächelte versonnen. Falls er beleidigt war, zeigte er es nicht. „Du wolltest Antworten."

„Ja, wollte ich. Und keine Spielchen."

„Die Antworten wirst du nur bekommen, wenn du mitspielst."

Sie seufzte. „Ich kann nichts damit anfangen. Ich habe gar keinen Garten."

Manuel blickte sie streng an, und genervt stöhnte sie auf.

„Der Schrebergarten? Den kannst du nicht meinen. Außerdem gehört er Ben und nicht mir."

„Ihr habt ihn zusammen gepachtet."

„Aber ich bin seit unserer Trennung nicht wieder dort gewesen! Ich weiß doch gar nicht, ob Ben den Pachtvertrag nicht längst gekündigt hat!"

Sie hatten einen Zehnjahresvertrag abgeschlossen. Aber was ging sie das jetzt noch an? Es war so lange her, und sie wollte nichts damit zu tun haben.

Der Engel blickte sie freundlich an; natürlich wusste er genau Bescheid.

„Man kann da nichts mehr pflanzen. Es wird völlig von Unkraut überwuchert sein."

Er lächelte herausfordernd.

„Du gibst nie auf, was?"

„Nein, nie", antwortete er. „Aufgeben kommt in meinem Wortschatz nicht vor."

„Na schön. Am Wochenende. Wenn es nicht regnet." Natürlich hatte sie gegen einen Engel keine Chance. „Es wird nicht regnen, stimmt's?"

Er grinste nur.

Dann ging er an ihr vorbei in die Küche. „Du hast wieder nichts gegessen."

„Ich hatte keinen Appetit."

„Hm. Das muss sich doch ändern lassen." Sie hörte, wie er Schränke und Schubladen aufriss und im Gefrierfach wühlte.

„Es ist sowieso nichts da. Toastbrot vielleicht. Wie wäre es mit einem Wunder? Ein oder zwei Fischstäbchen könnten noch im Eisfach sein."

„Manchmal sind Brote und Fische nicht das Richtige. Du brauchst ein Dessert. Süß und nahrhaft. Etwas für die Seele. Etwas, das deine Energiereserven auffüllt."

„Keine Ahnung. Du bist doch hier der Engel."

„Spirituelle Nahrung ist nicht genug. Brauchst du den Quark noch für was anderes? Ah, und hier, Puddingpulver. Wusste ich's doch."

Kopfschüttelnd verzog Janna sich wieder ins Wohnzimmer. Sie griff nach den Papierbögen, um neue Kraniche zu falten, aber das Geklapper und Getöse aus der Küche störte ihre Konzentration. Die Tulpenzwiebeln auf dem Esstisch taten ihr Übriges, um sie abzulenken.

„Tada!"

Manuel trug eine Glasschüssel, deren buntes Innenleben Janna einen überraschten Ausruf entlockte.

„Was zum … ich meine, was ist das?"

„Hast du Lust, es rauszufinden?"

Fasziniert betrachtete Janna die zahlreichen Schichten. Dass nichts zusammenpasste, störte sie wenig.

Biskuitboden und aufgetaute Himbeeren. Vanillepudding und Kekskrümel. Quark und Dosenpfirsiche. Gehackte Schokolade und Sahne. Kirschen und Krokantstreusel. Bananenscheiben und Jogurt.

„Du bist verrückt. Wer soll das schaffen?"

Manuel zuckte mit den Schultern. „Ich helfe dir."

„Natürlich. Hilfsbereit wie immer."

Und als sie mit ihrem Löffel in den süßen, fruchtigen und cremigen Schichten versank, war sie beinahe bereit, ihm den Überfall mit den Tulpenzwiebeln zu verzeihen.

Der Garten

Es war, wie sie gesagt hatte. Das Unkraut stand meterhoch. Birken hatten sich breitgemacht, Gras und Disteln hatten die jungen Johannisbeersträucher überwuchert. In den Hülsen und Rispen raschelten unheilvoll die Samen des Unkrauts, das im nächsten Jahr an der Reihe war. Natürlich gab es keinen einzigen Quadratzentimeter freie Erde für die Tulpenzwiebeln.

„Na, siehst du? Das ist kein Garten, das ist eine Katastrophe."

Manuel ließ sich rücklings in das vergilbte Gras fallen und starrte in den wolkengrauen Himmel. Wenigstens hatte er nicht dafür gesorgt, dass die Sonne schien und die Nachbarn herauslockte. Die bissigen Kommentare über ihr vernachlässigtes Grundstück hätten ihr gerade noch gefehlt.

„Komm her", sagte er.

„Wozu?" Auf keinen Fall würde sie sich auf den Boden legen und ihre Lieblingshose ruinieren.

„Eine andere Perspektive. Und ist dir nicht sowieso alles egal?"

Sie streckte sich neben dem Engel aus, der die Arme hinter dem Kopf verschränkt hatte und das Wolkenungetüm über ihnen betrachtete.

„Ein Raumkreuzer, siehst du", sagte er. „Dunkel und drohend wie bei der Invasion der Außerirdischen… Warum lachst du?"

„Das sind Hollywood-Fantasien. Von einem Engel hätte ich etwas anderes erwartet."

„Was denn? Schäfchen und Watte? Es sieht aber nicht aus wie Schäfchen und Watte."

„Stimmt", musste sie zugeben. „Der Raumkreuzer kommt dem schon näher. Oder ein Berg, der gerade umkippt."

„Auf uns drauf? Huh."

Ein Stein piekte sie in die Wade, und ein dickes Grasbüschel drückte ihr in den Rücken. Eine Libelle schwebte von einem der nahe gelegenen Gartenteiche heran.

„Die Invasion der Außerirdischen", sagte sie. „Hast du die riesigen Augen gesehen? Gruselig."

„Ein bisschen bizarr, ja", meinte er. „Wie findest du Gottes Fantasie?"

„Ich verstehe die Frage nicht."

„Wie findest du es? Die Natur. Die Schöpfung."

Er rollte sich auf die Seite, stützte die Wange auf die Hand. Seine Augen waren dunkelbraun, mit winzigen goldenen Sprenkeln darin.

„Du fragst mich, wie ich es finde? Gott will meine Meinung wissen?"

Der Engel schien überaus gespannt darauf zu warten. Auf einmal hatte sie Angst, ihn zu verletzen. Es war ein ungewohntes Gefühl, einen Engel verletzen zu können.

„Es geht sehr viel schief in dieser Welt. Da ist so viel Gewalt. So viel Grausamkeit."

„Es sollte nicht so werden", sagte der Engel leise. „Nicht alles jedenfalls."

„Komm mir jetzt bitte nicht mit dem Sündenfall!"

„Du hast angefangen. Ich wollte nur wissen, wie dir das Haus Erde und seine Bewohner gefallen. Über die Einbrecher können wir ein andermal reden. Magst du Libellen? Tiger? Elefanten?"

„Du willst meine ehrliche Meinung zum Beispiel über … Mücken?"

Manuel grinste. „Mücken sind wunderschön. Du hast nur noch nie richtig hingesehen. Hast du je gesehen, wie eine Mücke aus der Larve geschlüpft ist? Sie steigt aus ihrer Hülle wie eine winzige Fee mit langen Flügeln."

„Ich finde Tiefseefische mit ihren riesigen Zähnen gruselig."

„Ja." Er lächelte zufrieden. „Das sind sie. Ich liebe es spannend."

Sie vertiefte sich wieder in die Wolken über ihnen.

„Der Spielplatz der Engel."

„Was meinst du damit?"

„Wolken", sagte er. „Glaubst du wirklich, dass es Zufall ist, wenn du Schiffe oder Ungeheuer siehst? Große Wesen wie wir brauchen große Leinwände."

Er war nicht viel größer als sie. War dieses menschliche Aussehen vielleicht nur eine Art Verkleidung, die er trug, um sie nicht zu erschrecken? Eine seltsame Scheu hielt sie davon ab, ihn zu fragen.

„Aber wenn es Kunst sein soll, betreibt ihr ziemlich viel Aufwand für etwas, das gleich wieder weg ist."

„Ja", sagte er. „Aber das stört uns nicht."

„Vielleicht ist Vergänglichkeit für die Engel kein Problem. Für die Menschen aber schon."

„Deshalb die Papierblumen in deiner Wohnung?"

Gefaltete Blumen waren anspruchslos. Man musste sich nicht zärtlich um sie kümmern, und wenn sie verloren gingen, würde sie ihnen keine Träne nachweinen. „Wenigstens welken sie nicht."

„Die Wolken welken auch nicht", meinte Manuel. „Sie verwandeln sich nur. Ihre Schönheit ist immer im Fluss. Es ist wie ein Tanz oder wie Musik. Nimm nur einen Augenblick, und du hast bloß eine Figur, bloß einen Ton. Die Schönheit entsteht dadurch, dass es vergeht, ins nächste übergeht."

Sie fühlte die Tränen in den Augenwinkeln und drängte sie hastig zurück. „Und wenn der Himmel abends rot wird, ist einem von euch der Farbtopf umgefallen?"

Er lachte, während er sich aufrappelte und sich die Grashalme und Staub vom Gewand klopfte. „So lange können wir leider nicht faul herumliegen. Komm, gehen wir an die Arbeit."

„Arbeit?"

„Dein Geschenk", erinnerte er sie.

Ach ja, die Tulpen.

Die sie gar nicht einpflanzen wollte.

Sie war keine Gärtnerin mehr, keine Mutter, keine Ehefrau, keine geliebte Tochter, keine gute Freundin. Vor vier

Jahren hatte sie aufgehört zu leben, und braune Zwiebeln, deren abblätternde Schale zwischen ihren Fingern raschelte, in die Erde zu legen, kam dem, was für sie einmal Leben gewesen war, viel zu nahe.

Nein, wollte sie protestieren, aber Manuel öffnete den Schuppen so voller Elan, dass sie ihn nicht bremsen konnte. Dass er das Versteck des Schlüssels in der Blumenampel kannte, wunderte sie nur eine Sekunde lang. Fast hatte sie vergessen, dass er ein Engel war.

Es gab so viel zu tun; an einem Nachmittag konnten sie das unmöglich schaffen. Kniehohes Unkraut ausreißen, mit Brombeerranken und Brennnesseln kämpfen, den Wald vorwitziger Birken entwurzeln. Dabei fiel ihr auf, dass das kleine Holzhaus wieder einmal einen Anstrich vertragen konnte. Die Blumenampel und die Balkonkästen waren einmal ihr ganzer Stolz gewesen, verschwenderisch bepflanzt mit Petunien und Geranien, Vanilleblume und Lavendel. Nun ragten nur noch undefinierbare vertrocknete Büschel aus der vermoosten Erde.

Ihre Gedanken sprangen hierhin und dorthin, während sie und Manuel Seite an Seite arbeiteten. Sie übersprangen das Unglück und kehrten zu längst begrabenen Zeiten zurück, in denen das Glück in so kleinen Dingen wie einer duftenden Pflanze oder einem Kuss im Schatten der Veranda zu finden gewesen war. Es war, als hätte es nur gewartet, wie ein winziges Samenkorn. Es war immer noch da.

„Ich verdiene kein Glück", sagte sie, stieß die Hacke wütend in die Erde, ertappt, dass sie den Schwur brach, den sie sich damals heimlich gegeben hatte: nie wieder glücklich zu sein. Nick war fort – wieso durfte sie weiterleben? Wie könnte sie jemals wieder lieben, lachen, leben?

„Das ist wahr", sagte der Engel zu ihrer Überraschung.

„Du widersprichst mir nicht?"

„Wie könnte man sich Glück verdienen?", gab er zurück. „Gute Taten tragen in sich selbst ihren Lohn. Eine edle Gesinnung wird oft gerade in Unglück und Schmerz geboren. Was also soll man tun, um sich das Recht zu verdienen, glücklich zu sein?"

Irritiert blinzelte sie. „Ich weiß es nicht. Sag du es mir."

„Nichts", antwortete er. „Glück ist weder Belohnung noch Verdienst. Du kannst das Glück weder bei Gott noch bei den Menschen einfordern. So wenig wie du einen Regenbogen einfordern kannst oder eine schöne Muschel am Strand oder dass jemand an dir vorbeigeht, der dein Lieblingslied pfeift. Es ist immer ein Geschenk."

„Oh", sagte sie.

„Ja." Manuels Gesicht begann zu strahlen. „Das ist gut, nicht wahr? Du kannst dir Glück nicht durch Leistung verdienen, und du kannst es dir nicht verscherzen, indem du etwas Falsches tust oder Gott vor den Kopf stößt. Er lässt die Sonne scheinen über Gerechte und Ungerechte. Du hast einen schrecklichen Fehler begangen? Gott wird dir trotzdem Zeichen seiner Zuneigung schicken. Jeden Tag bekommst du eine bis zum Überquellen gefüllte Überraschungstüte: Sonnenaufgänge, den Duft einer Rose, die Erinnerung an ein Erlebnis aus deiner Kindheit, ein Anruf, ein Lächeln … und dann liegt es an dir, ob du die Tüte auspackst oder sie in die Ecke wirfst." Er stützte sich auf den Spaten. Sein helles Gewand war voller Grasflecken und Kletten, und ein Lächeln wollte sich in ihr Gesicht stehlen, aber sie ließ es nicht zu, denn Nick war immer noch tot, er würde tot bleiben, ihr ganzes restliches Leben würde er tot sein, und wie konnte sie hier stehen und über das Glück philosophieren, während er in der kalten Erde lag?

„Du verstehst das nicht", sagte sie.

„Oh doch", widersprach er. „Ich verstehe sehr gut. Ich weiß, dass du es dir versagst, glücklich zu sein. Aber ich erteile dir die Erlaubnis dazu."

„Ich kann nicht glücklich sein. Es ist zu schwer." Er behauptete, sie zu verstehen? Dann hätte er gewusst, dass es mit ein bisschen Sonnenschein, flatternden Schmetterlingen und Rosenduft nicht getan war. Das war nichts gegen das dunkle Meer in ihr, gegen das bittere „Wenn". Wenn die Wogen sie verschlangen, Schuld und Schmerz und Scheitern, was nützte ihr dann die göttliche Erlaubnis, glücklich sein zu dürfen? Von plötzlicher Wut erfüllt, stieß sie Manuel gegen die Brust.

„Ich soll also glücklich sein? Es kümmert Gott, ob ich glücklich bin? Ich war glücklich! Ich war glücklich, als Nick noch gelebt hat. Ich hatte meine Probleme, klar, und zwischen mir und Ben war es auch nicht immer perfekt, aber ja doch, wir waren glücklich! Du hättest ihn mir lassen können! Wenn Ben nur ein paar Sekunden früher aus der Garage herausgefahren wäre! Wenn ich mich nur einmal umgedreht hätte, um nach Nick zu sehen! Wenn ich den Wasserhahn abgedreht und die Tür gehört hätte! Es hätte dich so wenig gekostet, mir mein Glück zu lassen."

„Janna –"

„Sag mir nicht, dass ich glücklich sein soll!", schrie sie und schlug ihn mitten ins Gesicht. Sie stieß ihn ein weiteres Mal, warf ihn um, ins Gras, in die Nesseln, unter seinem Rücken knackten die Zweige des Johannisbeerstrauchs. „Ich habe ihn verloren! Er ist tot! Nick ist tot!"

Ihre Fäuste hämmerten gegen seinen Brustkorb, sie setzte ihre ganze Kraft ein, sie schlug zu, so fest sie konnte.

„Er ist tot, versteht doch endlich, er ist tot!"

Sie schrie und schlug und weinte und schrie, bis ihre Arme erlahmten, ihre Kehle brannte, bis keine Tränen mehr kamen und keine Worte mehr übrig waren.

Danach fühlte sie sich leer und erschöpft. Jetzt erst sah sie, dass sie ihn übel zugerichtet hatte. Blut floss aus seiner Nase, sein linkes Auge schwoll bereits an, und tiefe Kratzer überzogen seine Haut.

Auf einmal fiel ihr auf, dass er sich überhaupt nicht gewehrt hatte.

Stattdessen sah er sie ohne den geringsten Vorwurf an und breitete die Arme aus.

Janna ließ sich auf die Knie fallen, ins stachelige Gras, und legte den Kopf auf seine Brust. Sie fühlte den starken Arm um ihre Schultern. Eine sanfte Hand strich über ihr Haar, über ihre tränennassen Wangen.

„Er ist tot", flüsterte sie.

„Ja", sagte er leise, „ich weiß."

„Du wirst ein Veilchen bekommen."

„Das kann bei einer Blumenverkäuferin durchaus passieren."

Ihr Lachen war schwach und winzig, wie ein kleiner Grashüpfer.

„Du bist ein Engel. Du müsstest doch unverwundbar sein."

„In gewisser Hinsicht ist nicht einmal Gott unverwundbar."

Es dämmerte. Der Abend fiel in sanften Schleiern über die Gärten herab. Die Engel rissen die Wolken auf und gossen ihre Farbtöpfe aus.

„Es ist zu schwer, in dieser Welt zu leben", sagte Janna. „Ich begreife nicht, dass sie auch noch schön sein muss."

Sie blieben liegen, bis die Kälte aus dem Boden in ihre Knochen kroch. Dann rappelten sie sich auf und fischten Spaten und Hacke aus dem Gestrüpp heraus.

„Da liegt noch ein ganz schönes Stück Arbeit vor uns", sagte Manuel.

Janna griff in ihre Jackentasche und tastete nach den Tulpenzwiebeln. Sie knisterten leise.

Das Abendmahl

Etwas ist anders", sagte Großvater Gerd. „Irgendetwas ist hier anders."

Er beäugte die Blumen noch intensiver als sonst. Janna hatte Manuel wieder weggeschickt, weil sie es nicht ertrug, wenn er ihr bei der Arbeit über die Schulter sah. Nun saß er auf einem der hohen Stühle beim türkischen Imbiss und beobachtete die Leute. Ab und zu winkte er herüber. Es war ganz gut, dass ihn außer ihr niemand sehen konnte, denn mit dem prächtigen Veilchen und der aufgeplatzten Lippe sah er wirklich übel aus. Es versetzte Janna jedes Mal einen Stich, wenn ihr Blick zu ihm hinüberschweifte.

„Was darf es denn heute sein? Sie haben schon länger keine Rose mehr genommen."

„Meine Flora liebt Rosen", sagte Großvater Gerd. „Aber irgendwas ist heute anders. Es ist der Duft. Oder es sind die Farben. Vielleicht auch beides. Als ob meine Nase plötzlich eine Brille trägt. Oder als ob meine Brille duftdurchlässig geworden ist."

Die Rose schien zu brennen, zu leuchten, vor ihren Augen mit den Flügeln zu schlagen wie ein Schmetterling. Aber natürlich tat Janna, als würde sie es nicht bemerken.

„Gut", sagte der Alte, „dann eine Rose. Ich kann mich immer so schlecht entscheiden, aber etwas ist heute anders."

Während Janna die glühende Rose ins Papier einwickelte, rief Großvater Gerd plötzlich: „Ich hab's! *Sie* sind anders!"

„Ich?“

„Ja, Sie. Sie sind heute irgendwie anders. Sie haben gelächelt. Sie strahlen. Alle Blumen sind lebendig geworden.“

„Das kann gar nicht sein“, protestierte Janna. „Ich strahle ganz bestimmt nicht.“

Nichts hatte sich geändert. Unter ihren Füßen wogte immer noch das dunkle Meer, Nick war immer noch tot, ihr Leben immer noch in tausend Scherben. Aber da hinten saß Manuel und faltete etwas aus einer Serviette, und obwohl er ein schillerndes Veilchen im Gesicht trug, lächelte er zu ihr herüber.

Der alte Mann bezahlte die Rose und öffnete die große braune Tasche.

„Flora wird sich freuen“, meinte er. „Und Ihnen noch einen schönen Tag.“

Es gab keine schönen Tage, nicht für sie, aber trotzdem fragte sie sich, was Manuel dort drüben mit der Serviette veranstaltete. Schließlich fasste sie sich ein Herz und ging zu ihm hinüber.

„Was machst du da?“

Er hielt ihr sein kleines Kunstwerk hin – eine gefaltete Rose, die so verblüffend echt aussah, dass Janna meinte, den Duft riechen zu können. Er war sogar stärker als die intensiven Dünste des gegrillten Gemüses, die den Platz vor dem Stand einnebelten.

„Wie hast du das denn hingekriegt?“

Manuel überreichte ihr die Blume mit einer kleinen Verbeugung.

„Ich bin gut im Falten, das hast du ja in meiner Wohnung gesehen, aber das hier …" Die feinen Blütenblätter fühlten sich sogar echt an. „Es ist unglaublich! Eine lebendige Rose!"

„Es ist gar nicht so schwer, etwas Lebendiges zu erschaffen, wenn man nur sein Herz hineingibt", sagte er.

„Du hast leicht reden. Du bist ja auch ein Engel."

„Das gilt auch für dich. Gib dein Herz in eine Sache, und sie wird leben. Deine Arbeit, deine Kunst, deine Ehe …"

„Du nimmst dir zu viel heraus", sagte sie. „Ich will nicht mit dir darüber sprechen."

Er wandte den Kopf ab, verletzt. Ihre Worte schienen ihn schlimmer zu treffen als das blaue Auge. Die Papierrose in ihrer Hand welkte dahin, Blätter rollten sich ein, lösten sich und segelten zu Boden.

„Versteh doch. Damit muss ich selber fertigwerden. Ich will nicht, dass du dich einmischst."

Er sah sie an. „Warum nicht?"

Sie öffnete den Mund, kurz davor, ihn anzuschreien, und zögerte dann.

Warum wollte sie nicht, dass er an ihren Problemen teilhatte? Weil sie es selbst geregelt bekam? Offenbar nicht. Sie hätte dazu in der Lage sein müssen. Hätte ihr Leben in den Griff bekommen müssen. Aber Ben hatte sie verlassen, da gab es nichts mehr zu retten, da nützte auch kein Engel, der sich in alles einmischen wollte, ohne wirklich hilfreich zu sein. Duftende Papierblumen nützten gar nichts.

Sie brachten Nick nicht zurück, sie konnten ihr zerbrochenes Herz nicht kitten, sie trugen nicht über das schwarze Meer, das unter ihren Füßen toste.

„Warum willst du nicht gerettet werden?“, fragte der Engel ernst. Ihre Ablehnung war immer noch wie eine Schramme in seinem Gesicht, wie ein roter Handabdruck auf seiner Wange zu sehen.

„Ich muss es allein schaffen“, flüsterte sie, glitt vom Hocker und kehrte zu ihrem Blumenstand zurück.

Die Rosen leuchteten nicht mehr.

War es ihr nun doch gelungen, ihn zu vertreiben? Als sie ihr Rad in den Keller gebracht hatte und müde die Treppenstufen zu ihrer Wohnung hinaufstieg, knurrte ihr Magen so laut, dass es jeder im Treppenhaus hören musste. Der Duft war daran schuld. Irgendeiner ihrer Nachbarn kochte wohl ein Festmahl, während sie sich etwas Pappiges in die Mikrowelle schieben würde.

Frau Nieder lauerte zwischen ihren Eichhörnchen und staubte ausgiebig ein kleines Reh ab. „Sie haben Besuch“, sagte sie. „Er kocht schon den ganzen Abend und singt. Wer ist denn das?“

Ben … Ein Gedanke, eine Erinnerung, wie ein brennender Pfeil. Aber Ben war fort. Ben hatte ihr Kind überfahren, und er würde niemals wiederkommen. Welche Liebe wäre stark genug gewesen, um so viel Schuld zu verzeihen? Sie hatte an der Spüle gestanden und abgewaschen und die Tür nicht gehört, sie hatte nicht gemerkt, dass Nick aus dem Haus gelaufen war, und Ben war rückwärts aus der Garage gefahren.

Ein Dreijähriger war viel zu klein. Wenn er hinter dem Auto stand, konnte man ihn einfach nicht sehen.

Warum hast du nicht aufgepasst?, hatte Ben gesagt.

Warum hast du ihn nicht gesehen?, hatte sie gesagt.

Niemand konnte ununterbrochen, vierundzwanzig Stunden lang, immer nur aufpassen.

Und Ben hatte keine Chance gehabt, den Jungen zu sehen.

Nur ein paar Sekunden hatten gereicht, um eine ganze Welt in den Abgrund zu stürzen.

Nein, Ben würde nicht in dieser Küche stehen und ihren geregelten Alltag durcheinanderbringen. Und ganz gewiss würde er es nicht wagen, jemals wieder zu singen.

„Das ist Manuel", sagte sie, obwohl es Frau Nieder nicht das Geringste anging.

„Ich weiß", meinte Frau Nieder, „er hat sich mir vorgestellt, als ich den Kuchen gebracht habe, und er hat ihn angenommen, meinen Kuchen, und hat ihn gelobt, so ein netter Mann. Aber was ich meinte, war: Wer ist denn das?"

„Er ist nicht mein Freund", sagte Janna rasch, denn das hätte ihr noch gefehlt, dass ihre geschwätzige Nachbarin überall herumerzählte, sie sei wieder liiert. „Er ist … ein Bekannter. Eine Art Mitbewohner. Mein Cousin."

„Aha", kommentierte Frau Nieder.

Und überhaupt: Warum hatte Frau Nieder den Engel sehen können? Er hatte gefälligst noch mal unsichtbar zu bleiben, statt sie so in Verlegenheit zu bringen!

Doch als Janna die Wohnungstür aufschloss, strömten ihr leckere Düfte entgegen und wallten sofort in den Flur hinaus. Wer so kochte, konnte sich tatsächlich kaum verstecken.

Frau Nieder streckte neugierig den dauergewellten Kopf vor, um durch den Türspalt zu spähen.

„Und tschüs", sagte Janna und schlüpfte in ihre Wohnung.

Manuel stand am Herd, eine Kochschürze umgebunden, während verführerische Schwaden durch die Küche waberten.

„Gut, dass du da bist", sagte er. „Es ist gleich fertig."

Im Backofen blubberte eine goldgelbe Käseschicht in einer Auflaufform. Der Tisch war fertig gedeckt, mit weißem Porzellan und Rotweingläsern, sogar Nachtisch würde es geben, die Schälchen standen bereit.

„Was machst du da?"

„Lasagne", sagte er.

Ihr Leibgericht, natürlich wusste er das, er, der Engel.

„Das meinte ich nicht. Ich meine, warum kochst du für mich? Ich habe dich beleidigt und geschlagen und dir gesagt, du sollst dich aus meinem Leben heraushalten, und du kochst für mich? Du deckst den Tisch? Du machst ein Dessert?“

„Reichst du mir mal die Ofenhandschuhe?“

Die Lasagne dampfte. Ihr lief das Wasser im Mund zusammen.

„Du versuchst, mich zu bestechen“, sagte sie. Vorsichtig blinzelte sie zu ihm hin, ob ihn dieser Vorwurf traf.

Doch er lachte. „Bestechen? Wenn du es so nennen willst. Ich möchte dich mit Gutem überschütten. Ich möchte, dass du dich geliebt fühlst. Ich möchte dich überraschen und zum Lachen bringen, ich möchte dich verwöhnen und herausfordern und mit dir deinen Garten umgraben. So bin ich nun mal. Wenn dir das auf die Nerven geht, musst du ja nicht mitessen. Zwangsernährung gibt es bei Gott nicht.“

Er lud ihr reichlich auf den Teller.

„Das schaffen wir nie.“

„Wenn du nichts dagegen hast, könnten wir Frau Nieder nachher noch was bringen.“

„Und sie damit noch ermutigen? Sie ist so schon aufdringlich genug.“

„Sie ist einsam“, sagte er.

„Manchmal hat es seine Gründe, warum jemand einsam ist.“

Manuel lächelte. „Sie kann ein herrliches Tiramisu zaubern. Das ist der Grund, warum ich mich ihr gezeigt habe. Ich dachte, das musst du unbedingt probieren."

„Der Nachtisch ist also von ihr." Das musste Janna erst einmal verdauen. „Das ist also der Kuchen, von dem sie gesprochen hat."

„Er ist wirklich himmlisch."

Sie konnte ihm nicht böse sein, nicht, nachdem sie den ersten Bissen der gleichfalls überirdischen Lasagne in den Mund geschoben hatte.

Und obwohl sie bald pappsatt war, gelang es ihr noch, eine ordentliche Portion Tiramisu hinterherzuschieben.

Sie wollte sich schon gemütlich zurücklehnen, als Manuel ihr auffordernd die Auflaufform reichte. „Für Frau Nieder?"

„Kannst du nicht gehen?"

Er sah an sich herunter. „In einem Kleid? Sie dachte, das sei ein sportlicher Bademantel, doch schließlich hat sie mich mit ihrem Klingeln überrascht, daher war es okay. Aber wenn ich damit zu ihr rübergehe, wird sie mich für einen Perversling halten."

Janna seufzte. „Du solltest dir dringend was zum Anziehen kaufen. Dieser Engel-Look ist so was von out."

Er stand vor dem Schrank und holte eine Schachtel aus der zweiten Schublade von links. Die Spiele-Sammlung? Er glaubte doch nicht im Ernst, dass sie je wieder etwas spielen würde.

„Vielleicht Mühle?“, schlug er vor. „Und es ist schon ewig her, dass ich das letzte Mal Halma gespielt habe. Hättest du Lust?“

„Warum fragst du? Du müsstest die Antwort doch schon kennen.“

„Also, gehst du nach nebenan?“

Sie seufzte noch lauter. „Nun gib schon her.“

Der Auflauf war noch warm. Janna stellte die Glasform auf Frau Nieders Küchentisch ab und sah sich um. Diese Wohnung wirkte ganz anders als ihre, obwohl sie gleich geschnitten war. Alles war vollgestellt mit Möbeln und Zierrat, Deckchen und künstlichen Zweigen. Der Fernseher lief im Hintergrund. Bisher hatte sie Frau Nieders Aufforderungen, doch mal hereinzukommen, wohlweislich widerstanden.

„Setzen Sie sich doch, Frau Steiner. Das duftet wirklich fantastisch, ihr Cousin ist ein Schatz.“

Ihr Cousin? Ach ja, als solchen hatte sie Manuel ja ausgegeben.

Während sie sich der Lasagne widmete, verstummte Frau Nieder vorübergehend, doch sobald Janna die Gelegenheit nutzen wollte, um zu verschwinden, protestierte ihre Nachbarin mit vollem Mund.

„Bleiben Sie doch noch! Es schmeckt so viel besser, wenn man Gesellschaft hat. Und Ihr Cousin braucht vielleicht ein bisschen Ruhe.“

„Warum sollte er?“

„Er sieht aus, als gehöre er in ein Krankenhaus, der arme Kerl. Aber kochen kann er, das muss man ihm lassen! Wolfgang konnte nur eine Sache in der Küche: den Kühlschrank öffnen.“ Sie lachte. „Haben Sie schon die Fotos gesehen? Das da, in dem goldenen Rahmen, das bin ich bei meiner Hochzeit. Wolfgang war so ein schmucker Kerl. Und ich bin auch nicht gerade hässlich, was?“, meinte sie kichernd. „Und daneben, in dem ovalen Rahmen über der Kommode, das sind meine Enkel. Zwei Enkel habe ich. Zwei Kinder und zwei Enkel.“

Sie kamen nie zu Besuch. Weder die Kinder noch die Enkel. Janna wusste das, denn auch wenn sie die meiste Zeit außer Haus war, hätte Frau Nieder ihr vom Besuch ihrer Enkel erzählt. Sie berichtete ihr ja auch haarklein, welcher von den Nachbarn Besuch bekommen hatte, wie viele Personen und wie lange sie geblieben waren. Die Enkel kamen nie, und deshalb gab es keine klebrigen Kinderhände auf den kleinen Bambis mit dem Samtfell. Niemand brachte die Zweige und die kleinen Vögel mit den Drahtkrallen durcheinander. Niemand machte die winkenden Eichhörnchen kaputt.

Die Seifenoper im Hintergrund trieb Janna beinahe in den Wahnsinn. „Machen Sie das nie aus?“

„Früher“, sagte Frau Nieder, „früher haben wir abends immer gespielt. Meistens Karten. Am liebsten war mir Canasta. Ich bin richtig gut in Canasta. Oder Brettspiele.“

Janna sah Manuel mit der Spieleschachtel vor sich.

„Mühle“, sagte Frau Nieder. „Oder Halma. Ich hab schon ewig nicht mehr Halma gespielt.“

Janna seufzte innerlich. Dieser Engel!

„Da kenne ich noch jemanden. Er sitzt nebenan und baut gerade das Spielbrett auf.“

Die Augen der kleinen alten Dame leuchteten auf. Sie folgte Janna zur Tür und starrte diese erwartungsvoll an.

„Na, dann kommen Sie schon.“

Eine halbe Stunde später sagte sie den beiden gute Nacht und ging zu Bett; morgen müsse sie früh raus, hatte sie sich entschuldigt. Aber natürlich konnte sie nicht schlafen. Aus dem Wohnzimmer drangen die Stimmen – Manuels tiefes Organ, sein Lachen, Frau Nieders endloses Geplapper, zwischendurch ihre begeisterten Ausrufe: „Ich hab gewonnen!“

Ein Spiel, ein einziges Spiel, hatte Janna mitgemacht, dann war ihr plötzlich ganz anders geworden. Es war dieses Gefühl, das so ungewohnt war, so fremd, so erschreckend. Das Licht der Lampe war ihr goldener und wärmer vorgekommen als sonst, die Papierkraniche hatten in der Brise des Gelächters geraschelt. Es war ein Gefühl wie von Heimat, von Kindheit, von Familie. Auf einmal hatte sie eine Sehnsucht gespürt, die sie längst tot geglaubt hatte – zu leben, sich mit Wärme zu umgeben, eine Hand auf ihrem Arm, ein Lächeln in ihre Richtung. Sie war so hastig aufgesprungen, dass sie ein paar Spielfiguren umgeworfen hatte, und die Orchideen vor dem Fenster hatten leise geknistert. Rasch hatte sie ihr abendliches Ritual abgespult, das die Sicherheit ihrer Existenz über dem dunklen Meer bewahrte: die Schritte ins Bad, Zähneputzen, die abendlichen Verrichtungen, das Nachthemd, die gefalteten Kleidungsstücke, das kühle Laken. Aber heute war es nicht richtig, obwohl sie auf alles geachtet hatte. Denn im Wohnzimmer brannte immer noch Licht, und die Stimmen waren immer noch da, wie ein warmes Kaminfeuer, das Wärme verströmte, und als sie im Bett lag, war es wie in ihrer Kindheit, wenn sie schlafen gehen musste und ihre Eltern im Wohnzimmer noch geredet hatten.

Aber ihre Eltern hatten ihr nie verziehen, was ihrem einzigen Enkelkind zugestoßen war, sie war schuld, schuld, schuld, und damit hatte ihr eigenes Kindsein geendet, unwiderruflich. Das Meer war dunkel, und die Wogen schlugen hoch, und sie hatte nichts mehr, um sie einzudämmen. Sie wollte schreien, während das Salzwasser in ihren Mund strömte, ihre Lungen füllte, der Verlust, das Vermissen, ein so schreckliches Vermissen, es gab kein Entrinnen daraus. Doch auf einmal saß jemand an ihrem Bett, hielt ihre Hand, hielt sie fest, während der Sturm tobte.

Manuel sagte nichts, er war einfach nur da, bei ihr.

Irgendwann glätteten sich die Wogen, sie konnte wieder atmen. Und er saß immer noch auf der Bettkante und hielt ihre Hand.

„Ich vermisse ihn so sehr“, flüsterte sie.

„Ja, ich weiß“, sagte der Engel.

„Hört das jemals auf?“

„Nein“, entgegnete er. „Das tut es nicht. Aber hier ist meine Hand.“

„Warum?“, fragte sie. „Warum musste es geschehen?“

Er gab ihr keine Antwort. Aber er war da, bei ihr.

„Wo ist Frau Nieder?“

„Sie ist längst gegangen.“

Die Leuchtziffern der Uhr verrieten, dass es weit nach Mitternacht war.

„Es ist für ihre Enkel, weißt du“, sagte er. „Die Täubchen und die Zweige mit den Kunstblättern, die Rehe und Eichhörnchen. Für ihre Enkel, die nie zu Besuch kommen.“

Das dunkle Meer lag still unter ihr und bedeckte ihre Welt von einem Horizont bis zum anderen, aber zum ersten Mal wurde Janna bewusst, dass auch die anderen Menschen ein solches Meer hatten und auf brüchigen Papierbooten darauf manövrierten. Ein jeder hatte seinen Schmerz, und sie wusste nichts von den Untiefen der anderen.

Sie hatte immer geglaubt, ihr Kummer sei der größte Kummer der Welt, und vielleicht war es auch so, aber wie wollte sie das Meer messen? Wie wollte sie Frau Nieders Verlust und Frau Nieders Einsamkeit abwägen gegen ihre eigene Trauer? Nie zuvor hatte sie darüber nachgedacht, wie gewaltig das schwarze Meer wirklich war, wie viele Menschen es mit ihren Tränen füllten.

Tod und Krankheit, Enttäuschung und Scheitern, Schuld und Angst, sie schienen die gesamte Erde zu umfassen, ein endloser Ozean, vom Osten bis zum Westen, von Nord nach Süd. Kontinente und Völker versanken darin, in Krieg und Hungersnot, in Erdbeben, Überschwemmungen und Seuchen.

„Wo ist Gott?", fragte sie, und Manuel antwortete: „Hier, bei dir."

Tulipan

Jeden zweiten Abend spielten sie zu dritt Halma oder Canasta. An den anderen Abenden fuhr Janna nach der Arbeit kurz nach Hause, um etwas zu essen – Manuel bestand darauf, aus irgendeinem Grund fand er ordentliche Mahlzeiten am gedeckten Tisch unverhältnismäßig wichtig –, und arbeitete danach Seite an Seite mit dem Engel bis zum Einbruch der Dunkelheit in dem kleinen Schrebergarten. Sie naschte von den wilden Brombeeren, erntete ein paar winzige Zwetschgen von dem verkümmerten Zwetschgenbaum, den sie damals gepflanzt und bald darauf vergessen hatte, und legte mehr und mehr Erde frei, um die Tulpenzwiebeln endlich pflanzen zu können.

„Du solltest nicht warten, bis alles perfekt ist", sagte Manuel eines Tages, während Janna wie wild an den vertrockneten Himbeerruten riss. „Dann schaffst du es nicht mehr vor dem Winter."

„Aber man würde die Tulpen in dem ganzen Gestrüpp doch gar nicht sehen."

Er zuckte mit den Achseln. „Sie brauchen keinen vollkommenen Garten. Sie brauchen nur einen Platz in der Erde und ein paar Monate Winterruhe."

Geht es hier gerade um sie oder um mich?, wollte Janna fragen, aber auf einmal hatte sie Angst davor, was Manuel antworten könnte.

Die Zwiebeln waren ihr Geschenk. Aber der Engel sah die Dinge häufig ganz anders als sie. Vielleicht war sie ja auch das Geschenk an die Zwiebeln, wer wusste das schon?

„Tulpen“, sagte Manuel, „sind heute nichts Besonderes mehr. Aber als Gärtnerin weißt du, dass das früher anders war. Sie kamen als exotische Kostbarkeit nach Europa. An der niederländischen Börse wurde mit Tulpenzwiebeln gehandelt. Sie haben manche Menschen reich gemacht und andere ins Unglück gestürzt.“

„Ich weiß“, erwiderte Janna. „Was willst du mir damit sagen? Dass nichts an sich einen Wert hat, dass es darauf ankommt, was man für wertvoll hält?“

„Das ist nur ein Aspekt“, meinte Manuel. Er wog eine der Zwiebeln in der Hand. „Tulipan.“ Aus seinem Mund klang das Wort fremd und geheimnisvoll. Die Blumenzwiebel wirkte nicht länger wie ein gewöhnlicher, alltäglicher Gegenstand, den man in die Erde stopfte und dann vergaß, bis die ersten grünen Spitzen im Frühjahr zum Vorschein kamen. Das waren Tulpen, belanglos und banal und doch immer wieder erfrischend bunt und frühlingsfröhlich. Nein, das hier waren Tulipane, seltene Kostbarkeiten, Juwelen, in unscheinbare Schale und Erdkrümel gehüllt, explodierende Farbe, überraschende Form, ein unbezahlbarer Schatz.

„So kostbar sie auch ist“, sagte er, „sie muss in die Erde. Es geht kein Weg daran vorbei. Du kannst sie ein Jahr lang in der Tasche mit dir herumtragen und dich darüber freuen, dass du sie besitzt. Aber auf diese Weise wird sie nie ihre Bestimmung finden.“

Ihre Bestimmung. Janna musste nicht fragen, was die Bestimmung der Tulipane war. Durch wie viele Hände sie auch gingen, wie hoch sie auch gehandelt wurden, ganz gleich, ob sie als Währungsmittel geschätzt oder als kleine Frühlingsboten geliebt wurden, am Schluss ging es nur um das Eine: zu blühen.

Sie mussten in die kalte Erde, um sich zu verwandeln. Wer hätte das besser gewusst als eine Gärtnerin?

Und war nicht genau das der Grund, warum Janna zögerte? Warum sie lieber noch eine weitere Ecke von Unkraut befreite, als ein kleines Loch für die Zwiebel zu graben?

Sie dachte an Nick. Er war viel zu früh gestorben, um zu blühen. Er war nicht in die Schule gekommen, hatte nicht mit der Schultüte fürs Foto posiert. Er würde nie Bilder für seine Lehrerin malen und sich zu Weihnachten weigern, Gedichte aufzusagen. Er würde nie die Wirrungen der Pubertät durchmachen, seine Talente entdecken, lieben, eine Familie gründen. Nick durfte nicht blühen, und warum sollte es dann diese verdammte Tulpenzwiebel dürfen? Warum sollte sie farbenfroh in die Sonne lachen und die Menschen zum Lächeln bringen?

„Nein", sagte Manuel und schüttelte den Kopf. „Blühen bedeutet etwas anderes. Du bist erwachsen geworden, hast dein Talent entdeckt, geliebt und eine Familie gegründet. Fühlst du dich wie eine Blume, die ihren Zweck schon erfüllt hat? Ist es das, was du willst und was du jemals wolltest?"

„Nein", sagte Janna, aber sie dachte: *Ja, und darum ist es so sinnlos. Das hier ist alles, was ich geben kann, was ich jemals geben konnte, und es reicht ja nicht einmal für mich, geschweige denn, dass ich jemand anderen zum Strahlen bringen könnte.*

Manuels große warme Hände schlossen sich um die kleine braune Zwiebel. Ein schützender Kokon.

„Ihr lebt in Bildern", sagte er. „Die ganze Welt ist voller Hinweise auf Gott und den Weg zu ihm. Doch du hast dieses Bild falsch gedeutet. Du dachtest, dass alles jetzt schon stattfinden müsse. Die Zwiebel, das Keimen, das Wachsen, das Blühen. Und dann das Welken und Vergehen. Frühling, Sommer und Herbst des Lebens. Und all die Blumen, die viel zu früh ausgerissen werden, die nie blühen!"

„Ja." Sie dachte an achtlose Fußtritte, an zu frühen Frost, an all die Stürme des Lebens, die dazu führten, dass Blumen nicht blühten und Kinder nicht groß wurden und das Leben verdorrte, bevor es richtig begonnen hatte.

„Nein", wiederholte Manuel, „ach, Janna, nein. Schau diese Zwiebel an, der man jetzt noch nicht ansieht, was sie einmal sein wird. Es ist alles in ihr verborgen. Ihre Farbe, ihre Form, ihr Duft, all das, was in ihr steckt, ihr Wesen, ihr Geheimnis. Du kannst es erahnen, erhoffen, aber noch ist es unsichtbar. Sie muss sich erst verwandeln. Das ist ihre Bestimmung, der Sinn ihres Daseins, das ist ihre Sehnsucht: Sie muss sich verwandeln und in den Himmel wachsen und blühen. Nick ist nicht wie eine Blume, die zu früh ausgerissen wurde, er ist wie eine kleine Blumenzwiebel, die in die Erde gelegt wurde, um sich zu verwandeln. Er ist angekommen, Janna. Er wurde nicht beraubt, nicht um seine Zukunft gebracht, und er liegt längst nicht mehr in dem kleinen Grab auf dem Friedhof. Er ist aus der Erde herausgewachsen ins Licht. Du bist diejenige, die noch auf der falschen Seite steht. Nicht er ist im Dunkeln, sondern du."

Sie wich vor ihm zurück. „Ich glaube nicht an ein Leben nach dem Tod."

„Pflanz die Zwiebeln endlich ein", sagte er. „Sie müssen da durch. Sie wissen es und du weißt es."

„Nein!", rief sie. Das sollte ein Trost sein? Damit wollte er alles erklären? Damit wollte er das Vermissen wegwischen und die Schuld und das Versagen und die leere Stelle, die nichts mehr ausfüllen konnte?

Sie wich noch einen Schritt zurück. Ihre Jacke verfing sich in den Brombeeren. Über ihnen wirbelten weiße Tauben durch die Luft; einer ihrer Schrebergartennachbarn züchtete sie für Hochzeiten. Janna wollte nichts davon sehen, keine Tauben, sie wollte nicht an Hochzeiten denken, an Blühen, an Sterben, an die lange Zeit in der kalten Erde, an ihr Kind, das nicht zu Hause auf sie wartete, das längst angekommen war – wenn sie das nur hätte glauben können! –, nicht an Frühling und an bunte Ostersträuße.

„Warum lässt du mich nicht einfach in Ruhe?"

„Weil ich dich liebe."

„Misch dich nicht ein! Hör auf, dich um mich zu bemühen. Hör auf, meine Gedanken zu lesen! Lass mich in Ruhe!"

„Ich kann nicht", sagte er.

„Es gibt Dinge, die Gott nicht kann? Er, dem angeblich nichts unmöglich ist? Ich dachte, er ist allmächtig!"

„Gott kann nicht aufhören, dich zu lieben. Das ist, als würdest du dem Meer befehlen, nicht zu spüren, welche Fische in ihm schwimmen. Als würdest du der Luft befehlen, die Vögel nicht mehr zu tragen. Es ist, als würdest du von einer Mutter erwarten, sich nicht länger um ihr Kind zu sorgen. Und jetzt pflanz die Zwiebeln ein. Es ist egal, ob es dir schwerfällt oder nicht, ob du dir geschworen hast, bis zum Ende deiner Tage unglücklich zu sein, egal, ob du dich im April daran erfreuen kannst oder nicht. Es muss geschehen, so einfach ist das."

Sie weinte, während sie die Löcher in die Erde grub.

Weinte, während sie die Tulpenzwiebeln hineinbettete.

Ihre Tränen tropften auf die Erde, mit denen sie die Zwiebeln bedeckte.

Sollten sie sich verwandeln.

Sollten sie in den Himmel wachsen.

Sollten sie blühen!

Wenn es stimmte – wenn Nick nicht verloren war, nicht für immer fort, nicht für alle Ewigkeiten einfach verschwunden –, änderte das gar nichts.

Und doch alles.

Sie hatte die Zwiebeln eingegraben, beerdigt, ihnen ein Grab geschaufelt.

Manuel half ihr nicht. Er stand am Zaun und blickte zu dem großen Kastanienbaum am Rand der Schrebergartensiedlung hoch, über dem die Tauben Purzelbäume schlugen.

„Da ist etwas", sagte er. „Hörst du es auch?"

Janna neigte den Kopf zur Seite und lauschte.

Etwas jammerte dort drüben. Die Geräusche kamen aus dem Baum.

„Lass uns nachschauen", meinte Manuel, und wenig später standen sie unter der Kastanie und spähten hinauf in die Zweige. Zwei große runde Augen starrten zurück.

„Eine Katze. Ein Kätzchen, besser gesagt. Das kommt schon allein wieder runter."

Die kleine Katze ließ ein erstaunlich lautes, klagendes Miauen hören.

Manuel krempelte die Ärmel hoch.

„Du willst da raufklettern? Im Ernst?"

„Nun ja … ja. Es sei denn, du willst das machen."

Janna hatte nicht vor, ihr Leben für eine Katze zu riskieren, außerdem war sie noch nie gut im Klettern gewesen.

„Wenn wir rufen und abwarten, schafft sie es bestimmt selbst. Schließlich ist sie auch da hochgekommen. Um Tauben zu jagen, vermutlich."

Das klagende Miauen des Kätzchens zerrte an ihren Nerven, aber was Manuel vorhatte, war Wahnsinn. Wenn er hübsche weiße Rückenflügel ausgefahren hätte und nach oben geschwebt wäre, gerne. Aber stattdessen sprang er hoch, um nach dem untersten Ast zu greifen.

„Dein blaues Auge kann man immer noch sehen", sagte sie. „Das heißt, unverwundbar bist du nicht. Was passiert, wenn du dir das Bein brichst?"

„Ich passe schon auf. Mach dir mal keine Sorgen um mich."

Ja, er hatte leicht reden. Was sollte sie mit einem Engel anfangen, der sich ernsthaft verletzte? Ihn ins Krankenhaus bringen? Eine Krankenversicherung hatte er ganz bestimmt nicht.

Angespannt beobachtete Janna, wie Manuel sich auf den nächsten Ast schwang und am Stamm Halt suchte. Das Kätzchen hatte sich furchtsam noch weiter zurückgezogen und wippte auf einem dünnen Zweig auf und ab.

„Komm her", lockte Manuel, „nun komm schon, mein Mäuschen."

„Das bringt doch nichts!", rief Janna.

Er arbeitete sich in schwindelerregender Höhe immer weiter vor. Sie konnte nur hoffen, dass er vielleicht doch Flügel besaß, wenn es drauf ankam.

„Was hier alles im Baum versteckt ist", hörte sie ihn sagen. „Noch die eine oder andere Überraschung. Und jetzt zier dich nicht so, Mäuschen."

Ein lautstarkes Fauchen erklang. Welche Katze ließ sich schon gern „Mäuschen" nennen?

„Das Biest hat mich gekratzt! So, aber jetzt … hab dich!"

Es dauerte eine Weile, bis Manuel wieder erschien, und dabei regnete es Blätter und Kastanien. Das Kätzchen lugte verwundert aus einer Tasche seines Gewands, während der Engel beide Hände zum Klettern benutzte. In seinem Gürtel steckte etwas Großes, Buntes.

„Hier ist es“, sagte Manuel strahlend und legte Janna das Kätzchen in den Arm. Einen Moment waren ihre Hände ganz Gefühl, verloren an das Weiche, Warme, Pelzige an ihrer Haut. Dann begann die Katze zu zappeln, befreite sich aus ihrem Griff und sprang auf die Erde. Mit großen, lustigen Sprüngen hüpfte sie davon.

„Es hat sich nicht einmal bedankt.“

Manuel sah dem kleinen grau-weißen Fellknäuel mit einem Lächeln hinterher. Über seine Hände zogen sich Kratzer, und auf seiner Stirn klebte ein Kastanienblatt. „Möchtest du es behalten? Ich bin sicher, es gehört niemandem.“

„Was?“ Da war immer noch das Gefühl in ihren Händen. Ein winziges hämmerndes Herz, nadelspitze Krallen und Zähne, kitzelnde Schnurrhaare. „Nein“, sagte sie hastig. „Ich will mich nicht um etwas kümmern müssen.“

„Um etwas, das du verlieren könntest. Um etwas, das dir wehtun könnte. Und ja, du hast recht, beides bringt bereits das kleinste Tier fertig. Dein Herz schmelzen zu lassen und es anschließend zu brechen.“

Janna schluckte. „Und was ist das da? Was hast du noch da oben im Baum gefunden?“

„Einen Drachen. Die Schnur ist zerrissen und die Folie beschädigt, aber er lässt sich reparieren.“

Wie gerne er Dinge reparierte! Während sie sich nicht die Mühe gemacht hätte, den kaputten Drachen aus dem Baum zu bergen.

„Retten und reparieren. Ist das ein Hobby von dir?“

„Könnte man so sagen“, antwortete Manuel.

„Und was willst du mit dem Drachen anfangen? Ich habe kein Kind mehr, das sich darüber freuen könnte. Ich kenne auch keine Kinder.“

Manuel hob die Brauen, ohne etwas zu sagen.

„Na gut, dann komm schon. In der Laube müssten Klebeband und Schnur sein.“

Während der Engel den Drachen flickte, tauchte die kleine Katze wieder auf, hockte sich zu seinen Füßen hin und beobachtete jede seiner Handbewegungen. Ab und zu haschte sie nach der Schnur, die verlockend vom Tischrand hing, biss hinein und rollte kämpfend über den Boden.

Manuel warf Janna einen fragenden Blick zu.

„Nein, es bleibt dabei. Ich will sie nicht.“

„Sie hat niemanden, der sich um sie kümmert.“

„Und, ist das mein Problem?“

Sie hatte die Zwiebeln eingepflanzt, wie er es gefordert hatte. Noch mehr Geschenke, die mit Pflichten und Arbeit einhergingen, konnte sie wirklich nicht gebrauchen.

„Gibst du einem nie etwas, das einfach bloß ein Geschenk ist?“

Er runzelte die Stirn. „Hm. Du meinst etwas, das man in den Wohnzimmerschrank legt, wo es verstaubt? Nein, das kommt eher selten vor. Du könntest ihr wenigstens ein Körbchen hinstellen."

Grummelnd sah Janna sich um und entdeckte eine abgetragene Arbeitsjacke von Ben. In eine alte Holzkiste gelegt, ergab das schon ein gemütliches Plätzchen, wenn man nicht wählerisch war.

„Das ist nicht meine Katze", sagte sie. „Es ist deine. Du hast sie gerettet, also gehört sie dir."

Ein verschmitztes Funkeln trat in seine Augen. „Ich weiß."

Am nächsten Tag lag die Katze auf der Jacke, und der Drachen war bereit zu fliegen.

Manuel schlug vor, in den Park zu gehen, was Janna natürlich ablehnte.

„Na gut, dann den Acker. Aber ich warne dich: Ich hab nur Sandalen an."

Janna zuckte mit den Achseln. „Ist mir doch egal. Ich hab sowieso keine Lust."

Doch als Manuel dann über das abgeerntete und umgepflügte Feld rannte, den Drachen in der Hand, als er ihn in die Luft warf, in den Wind, und die Schnur spannte – da rannte sie schreiend mit.

Knatternd und flatternd stieg der Drachen in die Höhe.

Wenn Nick nur hier sein könnte, dachte sie. Zum ersten Mal seit langer Zeit schmerzte der Gedanke nicht. *Wenn er nur hier sein könnte, er würde lachen und über das Feld springen. Und später würden wir Kastanien sammeln und daraus Tiere basteln. Und noch später würde ich ihn zu Bett bringen, ihm über die weichen Haare streicheln, ihm eine Geschichte vorlesen …*

Sie blieb stehen, hielt ihre erhitzten Wangen in den kühlen Wind, sah dem Drachen nach, der gegen die Schnur ankämpfte. Er war bunt und hatte ein lustiges Gesicht.

Ein weiterer Drachen stieg neben ihrem auf. Janna hatte gar nicht gemerkt, dass einige Kinder auf den Acker gelaufen waren. Haarscharf zischten die Drachen aneinander vorbei, beinahe hätten sich die Schnüre umeinander gewickelt. Sie hörte Manuel lachen, die Kinder antworten. Einer der Drachen schrammte über die Erde, unfähig, sich zu erheben, bis der Engel ihn aufhob und nach oben warf.

Adler, Vogelscheuchen, schwarze Raben und Clownsgesichter tanzten an ihren Schnüren um die Wette.

Später saßen sie gemeinsam auf dem Rand der Badewanne, Hosenbeine beziehungsweise Gewand hochgerafft, und spritzten sich die schlammigen Füße mit der Duschbrause ab.

Und was den hellen Teppich im Flur anging … Janna war sich nicht sicher, ob sie ihn je wieder sauber kriegen würde. Ob nun mit oder ohne göttliche Hilfe. Doch vielleicht gab es Schlimmeres als die riesigen Fußspuren eines Engels, die quer durchs Zimmer führten.

Auch Hühner fliegen

Janna räumte gerade die Katzenfutterdosen aus ihrem Einkaufskorb in die Tasche, die sie mit zum Schrebergarten mitnehmen wollte, als das Telefon klingelte.

Kendra war am Apparat. Ein seltenes Ereignis, obwohl sie früher beste Freundinnen gewesen waren. Janna wusste, dass sie selbst schuld daran war. Ihre Teilnahmslosigkeit, ihre Abwehr, ihre Ausreden. Dabei waren ihre energiegeladene Freundin und deren gemütlicher Mann einmal ein unverzichtbarer Bestandteil ihres Lebens gewesen. Sie verdiente es nicht, dass Kendra die alte Freundschaft immer noch nicht ganz aufgegeben hatte, auch wenn ihre Anrufe in immer größeren Abständen erfolgten.

„Wie geht es dir? Sag mal, stimmt es, du hast einen neuen Freund? Ein Mann lebt bei dir?“

„Wie kommst du denn darauf?“, fragte Janna, aber sie hätte es sich natürlich denken können. *Na toll, Frau Nieder, vielen Dank auch.*

„Ist es denn was Ernstes? Ich freu mich natürlich für dich, dass du langsam mal wieder anfängst, auch an dich zu denken, aber ich hab neulich Ben gesehen, er sah so traurig und müde aus, und da hab ich gedacht, na ja, eigentlich habt ihr so gut zueinander gepasst, aber –“

„Kendra.“ Man musste sie unterbrechen, sonst kam man nie zu Wort. „Ich habe keinen Freund. Mein Mitbewohner …“

Mein Cousin, hatte sie sagen wollen, doch plötzlich kam sie sich schäbig vor, ihre einzige Freundin zu belügen. Aber was blieb ihr anderes übrig? *Bei mir wohnt ein Engel,* das konnte sie Kendra schließlich nicht erzählen. *Ich spreche quasi mit Gott. Er steht gerade in der Küche und brät irgendwas.* Nein, das hätte ihr nur eine Stippvisite von Männern in weißen Kitteln eingebracht.

„Mein Cousin Manuel", sagte sie.

„Wirklich? Du hast mir nie davon erzählt, dass du einen Cousin namens Manuel hast."

„Ach, es war mir peinlich, weißt du. Er hält sich für einen himmlischen Boten."

„Oh", sagte Kendra.

Sie schwiegen eine Weile.

„Und ich dachte schon …", fing Kendra schließlich wieder an. „Ist er das? Der da im Hintergrund singt?"

„Ja", sagte Janna.

„Eine schöne Stimme hat er jedenfalls, dein Cousin. Er ist doch nicht gefährlich?"

„Nein", entgegnete Janna, aber vielleicht hatte sie ein kleines bisschen zu lang gezögert.

„Was ist denn das für ein Gejodel im Hintergrund? Eben klang es nach Bass, jetzt nach Sopran. Er ist doch keine multiple Persönlichkeit?"

„Nein, das ist Frau Nieder. Meine Nachbarin, du weißt schon, die mit den Rehen und Eichhörnchen im Flur."

„Oh, du meine Güte", sagte Kendra. „Warum singt sie in deiner Wohnung, wenn ich fragen darf?"

„Sie hat dem göttlichen Gesandten gezeigt, wie man Windbeutel macht, und jetzt revanchiert er sich gerade mit seinen Spezialfrikadellen."

„Oh", wiederholte Kendra. „Weißt du was, ich glaub, ich komm lieber mal vorbei und sehe bei dir nach dem Rechten."

„Jetzt sofort?", gab Janna erschrocken zurück.

„Ja, jetzt sofort. Das ist ja das reinste Irrenhaus bei dir."

Kendra legte auf.

Und Janna rauschte in die Küche. „Manuel!", rief sie. „Meine Freundin ist unterwegs. Du brauchst unbedingt was anderes zum Anziehen!"

„Da kann ich helfen", bot Frau Nieder an. „Obwohl ich den Bademantel ja auch ganz kleidsam finde. Im Schrank habe ich noch die Sachen von meinem Wolfgang, die könnten Ihnen passen."

Frau Nieder hatte sich gehörig verschätzt. Ihr seliger Wolfgang war weder so groß noch so breitschultrig wie Manuel gewesen. Der Engel hatte die Figur eines Holzfällers, nicht eines schmächtigen Büroangestellten. Als er nach der Anprobe aus dem Bad kam, musste Janna sich das Lachen verkneifen. Wolfgangs Hemd platzte aus allen Nähten, die Hose hatte Manuel nicht einmal anbekommen.

„Es sieht irgendwie schick aus", sagte Frau Nieder.

„Äh", sagte Janna.

„Schon verstanden“, meinte Manuel. „Bleiben wir beim Gewand.“

Da klingelte es auch schon. Augenblicke später stürmte Kendra die Wohnung mit der Energie einer Dampflok. Sie stand ständig unter Strom. Kendra war eine von den Frauen, die überall an vorderster Front dabei sein müssen – im Elternrat, in der Gemeinde, bei Aktivitäten im Freundeskreis. Kendra fühlte sich nur in Menschenmengen wohl; vielleicht auch ein Grund dafür, warum der Kontakt nach dem Unglück beinahe abgerissen war. Mit der verstummten, niedergebeugten Janna hatte sie wenig anfangen können, nachdem sie sich eine Weile in der Rolle der Trostspenderin gefallen hatte. Doch was konnte man schon sagen, wenn Eltern ihr Kind verloren hatten? Kendra hielt es nicht aus, stumm zu sein. Jedes Mal, wenn sie zu Besuch kam, sagte sie: „Deine Wohnung gehört endlich renoviert. Du brauchst mehr Farbe, Janna. Farbe an die Wand, und überhaupt, wie kann man nur so wenig Möbel haben? Das sieht hier aus wie im Krankenhaus.“

Jedes Mal beschwor sie Janna zu renovieren.

Auch an diesem Tag fing sie wieder damit an: „Diese weißen Wände und ohne Bilder und willst du nicht –“

Da verstummte sie. Sie hatte den Engel erblickt.

„Hallo“, sagte Manuel mit einem strahlenden Lächeln.

„Ist er das?“, raunte Kendra Janna zu. „Natürlich, das ist er. Ist das so ein Yoga-Dingens, dieser weiße Mantel?“

„Es sind noch Windbeutel übrig“, erklärte Frau Nieder.

„Ich muss mit dir reden“, sagte Kendra. „Dringend.“

„Eigentlich habe ich keine Zeit“, meinte Janna, „heute ist Samstag, ich muss rüber in den Garten.“

Kendra starrte sie an. „Du gehst wieder in den Garten? Das muss ein Wunder sein.“ Sie ließ sich in einen Sessel fallen. „Was machst du dort? Weiß Ben davon?“

Es waren zu viele Fragen. Janna war noch nicht bereit, über Ben zu sprechen, nicht mit Kendra, die stets auf alles eine Antwort hatte. Auch nicht über die Tulpen, die in der Erde schliefen. Sie waren ein Geheimnis, zu dunkel und kostbar, um es zu zerreden. Vermutlich wäre es besser gewesen, sie hätte den Garten nicht erwähnt, doch jetzt war es zu spät.

„Ich kann dir helfen“, bot Kendra sofort an, und auch das war zu erwarten gewesen. Doch dieser kleine Schrebergarten, in dem sie mit dem Gestrüpp kämpfte und mit dem Engel, war wie heiliger Boden, und so sehr sie Kendra auch liebte, sie wollte sie nicht dort haben.

Manuel blickte von Kendra zu Janna und wieder zurück und schüttelte sacht den Kopf. „Habt ihr festes Schuhwerk?“, fragte er. „Kommt mit. Wir machen einen Ausflug.“

„In den Garten?“, fragte Kendra sofort, und Frau Nieder jauchzte leise.

„Ihr werdet schon sehen.“

Er übernahm das Kommando mit einer Selbstverständlichkeit, der sich zu Jannas Überraschung sogar Kendra fügte – natürlich nicht in allen Belangen. Janna wollte ihrer Freundin robuste Schuhe leihen, was diese jedoch ablehnte. Und warum, bitte schön, sollten ihre Schuhe nicht gut genug sein? Außerdem stellte sie eine Bedingung: Unter gar keinen Umständen würde sie sich in der Öffentlichkeit mit einem Mann sehen lassen, der einen weißen Bademantel trug.

„Zuerst gehen wir einkaufen. Wir finden bestimmt noch einen Laden, der offen hat. Sonst tue ich keinen Schritt."

„In Ordnung", willigte Manuel ein.

Janna stieß ihn in die Seite und flüsterte: „Du hast kein Geld. Oder hast du eine himmlische Kreditkarte dabei?"

„Ich bezahle", sagte Frau Nieder in einem Ton, der keinen Widerspruch duldete. Offenbar hatte sie Angst, sowohl beim Shopping als auch beim Ausflug zurückgelassen zu werden.

„In mein Auto", befahl Kendra. „Bevor euch jemand sieht."

Manuel nahm auf dem Beifahrersitz Platz, während Janna und Frau Nieder versuchten, sich auf die Rückbank zu zwängen.

„Halten Sie sich wirklich für Gott?", fragte Kendra, während sie in einem beängstigenden Tempo die Straße entlangbrauste.

„Genau genommen, ja", antwortete Manuel. „Ich bin ein Engel, aber in mir ist Gott bei euch."

„Aha", sagte Kendra. „Das ist ein wenig beunruhigend."

„Warum?“, fragte er. „Habt ihr nicht neulich noch im Bibelgesprächskreis die Geschichte durchgenommen, in der es darum ging, dass Abraham Besuch von zwei Engeln bekam?“

„Das ist was anderes. Das war damals. Und außerdem: Woher wissen Sie das?“

Kendra versank in ein für sie sehr untypisches bockiges Schweigen, bis sie mit Schwung in eine recht knapp bemessene Parklücke rauschte. Im dichten Samstagnachmittagverkehr war das zumindest schon mal ein Wunder.

„Schnell, alle rein, bevor euch jemand sieht!“

Sie huschten in das Bekleidungsgeschäft, wobei Manuel nicht huschte, sondern würdevoll schritt. Drinnen stürzte sich Kendra auf die erste Verkäuferin, die in Sicht kam. „Sein Koffer ist verlorengegangen“, rief sie. „Wir müssen ihn dringend von Kopf bis Fuß neu einkleiden.“

„Wen denn?“, fragte die Verkäuferin.

Sie blickten sich um. Manuel war entweder unsichtbar geworden oder nicht mit in den Laden gekommen. Als Janna zurückeilte, fand sie ihn auf dem Bürgersteig vor dem Schaufenster, wo er sich zu einem Bettler herunterbeugte, der ihn mit gelben Zähnen schief angrinste. Ein hässlicher brauner Hund lag hechelnd neben ihm.

„Manuel?“

Der Engel legte dem Bettler die Hand auf den Arm und murmelte etwas, dann erhob er sich und wandte sich Janna zu. Sein Gesicht hatte auf einmal etwas Strenges, Majestätisches. „Ich bin hier noch nicht fertig."

„Aber das Geschäft schließt gleich!"

„Ich weiß", sagte er. „Aber das hier ist wichtiger."

Er kniete sich wieder neben den Bettler. Sie unterhielten sich leise, und Manuel streckte die Hand aus.

„Gib mir die Flasche."

„Nein", sagte der Mann. Sein Gesicht verzerrte sich vor Anstrengung, Schweißperlen bildeten sich auf seiner Stirn. „Es geht nicht."

„Vertrau mir. Du kannst mir die Flasche geben. Du kannst sie loswerden, verstehst du nicht? Für immer. Du kannst aufstehen und ein neues Leben beginnen, wenn du möchtest. Jetzt gleich."

„Es ist zu schwer", sagte er und begann zu weinen.

Es versetzte Janna einen Stich zu sehen, dass Manuel sich einem anderen Menschen genauso konzentriert und präsent widmete, wie wenn er sich ihr zuwandte. Konnte das Eifersucht sein? Bis vor Kurzem hatte sie nicht einmal gewusst, dass ein Engel an ihrer Seite wachte, und nun war sie nicht bereit, seine Aufmerksamkeit zu teilen?

Frustriert über sich selbst kehrte sie zu ihrer Freundin und ihrer Nachbarin zurück. „Manuel kommt gleich, wir sollen schon mal anfangen."

Die Verkäuferin warf einen Blick nach draußen, um die Größe des neuen Kunden abzuschätzen, und fragte nach seinem Geschmack.

„Leger“, sagte Frau Nieder. „Alltagstauglich muss es sein, aber auch schick.“

Janna dachte an den Garten. „Unempfindlich. Sportlich.“

„Feierlich“, sagte Kendra und gluckste dabei leise. „Konservativ. Was einem Menschen mit besonderem Draht nach oben halt so gefallen könnte.“

„Er ist also Pastor?“ Die Verkäuferin blickte verzagt drein und begann tapfer, in den Fächern und auf den Tischen herumzuwühlen. Schließlich präsentierte sie ihnen drei Outfits – das erste bestand aus einer Jeans und einem karierten Hemd, das zweite aus einer robusten Cargohose mit vielen Taschen und einem Polo-Shirt, das dritte war ein Anzug.

„Und, welches soll es sein? Ich darf daran erinnern, dass wir gleich schließen.“

„Ach, nehmen wir einfach alles“, sagte Frau Nieder und zückte ihr Portemonnaie.

„Einen Moment.“ Janna zog ihre Nachbarin zur Seite. „Das kann doch nicht Ihr Ernst sein. Haben Sie auf die Preise geachtet?“

„Ich hab ein bisschen was auf die Seite gelegt.“

„Ihr Erspartes? Sie geben Ihr ganzes Erspartes für ihn aus? Sind Sie noch zu retten?“

Frau Nieder zuckte die Achseln. „Er ist etwas Besonderes. Ich weiß nicht, wo er herkommt, ob er wirklich ein Engel ist. Und selbst wenn ich einen Fehler mache und irgendwann verarmt und obdachlos am Straßenrand sitzen sollte – meinen Sie nicht auch, dass es sich gelohnt hat, wenn er vorbeikommt und mir die Hand auf die Schulter legt, wie bei dem Bettler da draußen? Ich fürchte mich nicht."

Hoch erhobenen Hauptes marschierte sie zur Kasse.

Sie waren die letzten Kunden; hinter ihnen schloss die Verkäuferin die Türen. Als sie mit den Tüten auf den Bürgersteig hinaustraten, saß Manuel immer noch neben dem Bettler. Der Mann hatte sich an ihn gelehnt, den Kopf an seiner Schulter, es sah aus, als schliefe er.

„Können wir los?", fragte Kendra. „Und Sie sind ja immer noch nicht umgezogen! Was sind Sie eigentlich: Gott oder ein Engel oder Jesus? Ich blick da nicht ganz durch."

Manuel bettete den Obdachlosen vorsichtig auf die schmuddelige Decke. Der Mann hielt die Flasche fest umklammert. Der Hund schmiegte sich an sein Herrchen.

Mit einem nachdenklichen Ausdruck im Gesicht stand der Engel auf.

„Warum hast du ihn nicht dazu gezwungen, dir die Flasche zu geben?", fragte Janna.

„Zwingen?", fragte Manuel zurück. „Geben ist immer etwas Freiwilliges. Und anders geht es nicht. Ich könnte ihm helfen, aber solange er sich an der Sache festhält, von der er glaubt, dass sie ihm Kraft gibt, bin ich machtlos."

Er blickte sie an, freundlich und aufmerksam und ein wenig traurig. Es war, als würde er nichts und niemanden sonst bemerken, als gäbe es keinen Menschen als sie, Janna Steiner.

Es war schön und auch ein wenig beängstigend.

Sie erwartete, dass er ihr dieselbe Frage stellen würde: *Und du? Woran klammerst du dich fest?*

Er musste die Frage nicht aussprechen, und sie musste nicht antworten.

Ich kann nicht, dachte sie. *Ich kann nicht loslassen. Wie soll das auch gehen?* Woran sie sich festhielt, das war keine Flasche. Es war unendlich viel schrecklicher, und sie konnte es nicht einmal Gott geben.

Nein, nicht einmal ihm.

Er sah sie an, als wäre sie kostbar, als würde die Herausforderung sich lohnen.

„Vertrau mir", flüsterte er.

Manchmal kam sie sich vor wie ein Tresor, in dem ein Schatz lag. Aber die Kombination zu diesem Tresor, wie hätte sie die aus der Hand geben können? Woher sollte sie so viel Vertrauen nehmen? Einen Tresor musste man beschützen, man musste so viele Alarmanlagen einbauen, dass niemand je herankam. Oder es war, als wäre sie eine besonders harte Nuss, die nicht einmal Gott zu knacken vermochte. Da war so viel Schale um den Kern, so eine dicke, harte Schicht, nahezu unzerstörbar.

Angst.

Trauer.

Einsamkeit.

Schuld.

Bitterkeit.

Das Gefühl, betrogen worden zu sein.

Wie sollte selbst Gott durch all diese Schichten hindurchdringen, bis zum Kern, dort, wo die Sehnsucht wohnte, dieselbe Sehnsucht, die auch die Tulpenzwiebeln in sich hatten: sich zu verwandeln und in den Himmel zu wachsen?

Als Jesus auf der Erde gewesen war, hatte er Blinde und Lahme und Aussätzige geheilt. Aber ein Herz, das so zerbrochen war wie ihres, war nicht zu heilen.

Manuel ließ ihren Blick nicht los. Sie konnte die Verheißung darin lesen. *Du weißt, dass ich dich liebe,* schienen seine Augen zu sagen. Die goldenen Funken darin waren wie Sterne, wie ein ganzer Himmel.

Du weißt, dass ich dich liebe, Janna Steiner.

Vertrau mir.

„Geht es dem Mann nicht gut?“, fragte Frau Nieder leise.

„Nein“, sagte der Engel, „nein, es geht ihm nicht gut. Er ist ein verlorenes Kind.“

Aber dabei wandte er den Blick nicht von Janna.

Kendra sorgte für eine weitere Überraschung, als sie Manuel ans Steuer ließ.

„Er hält sich doch für Gott“, raunte sie den anderen Frauen zu. „Ich will jetzt keinen Streit.“

Frau Nieder quetschte sich strahlend auf die Rückbank, nachdem sie die Einkaufstüten im Kofferraum verstaut hatte. Sie schien beinahe zu leuchten vor Zufriedenheit.

„Wo fahren wir denn hin?", quengelte Kendra nach einer Weile. „Wie lange dauert es denn noch?"

Manuel fuhr überraschend schnell und kam mit quietschenden Reifen vor einer roten Ampel zum Stehen.

„Männer", seufzte Kendra. „Müssten nicht gerade Sie sich an die Regeln halten? Das ist möglicherweise ein kleiner Fehler in Ihrer, äh, Wahnvorstellung."

Der Engel grinste. „Vielleicht musst du ein paar kleine Fehler in deiner Vorstellung von Gott revidieren." Sprach's und legte einen Kavaliersstart hin.

Janna und Frau Nieder wurden kräftig durchgeschüttelt, während sie aus der Stadt herausfuhren und ins Geflecht der Landstraßen eintauchten.

Über ihnen färbte sich der Himmel himbeerrot. Abgeerntete Felder und Wiesen breiteten sich aus. Manuel bog in einen Feldweg ein und hielt.

„Hier ist nichts", stellte Kendra fest. „Was soll uns hier erwarten? Eine Vision?"

Manuel öffnete seinen Mitfahrerinnen die Türen.

Als Janna ausstieg, wehte ihr der herbstliche Wind die Gerüche von regennasser Erde und Mais in die Nase. Wolkenfetzen bildeten abstrakte Muster, Streifen in glühendem Rot und überirdischem Gold; vielleicht machten die Engel gerade Schreibübungen.

Ein Rauschen und Krächzen erfüllte die Luft.

Dann kamen die Kraniche.

Es mussten Tausende sein. Eine Wolke von Vögeln flog heran, krächzte, flatterte, lärmte. Einer nach dem anderen landete auf den weitflächigen Wiesen und leeren Ackerflächen. Es war, als würden sie in einem Meer von Kranichen stehen, die ihnen keine Beachtung schenkten.

Mit offenem Mund stand Kendra da.

Über Frau Nieders runzelige Wangen liefen kleine Tränen.

Einen Moment lang hatte Janna das Gefühl, als könnte sie fliegen. Als wäre sie dabei, mitten unter den Kranichen, einer von ihnen. Groß und majestätisch, den Wind in den Flügeln und den Ruf in den Süden im Herzen.

Sie fühlte sich still und gleichzeitig lebendig, und seltsam, es war, als würde das dunkle Meer unter ihr seine Farbe ändern. Schaumkronen bedeckten die Wellen, aber es war nicht der Sturm, der das wilde Wogen anpeitschte, sondern ein Tanz – wie das sprudelnde Schäumen einer Wasserfontäne.

Auf einmal machte das dunkle Meer ihr nicht länger Angst. Es war, als würde sie getragen, so wie der endlos weite Himmel die Kraniche trug, die ihrer Bestimmung folgten. Da war keine Leere, sondern Geborgenheit, und das Wagnis des Aufbruchs und des Flugs war nicht schwer, war nicht zu schwer, sondern verlockend.

Es war möglich, zu fliegen und anzukommen.

Manuel nickte ihr zu, ein Lächeln umspielte seine Mundwinkel.

Sie wünschte sich, ein Kranich zu sein.

Oder eine Blume.

Es gab so viele Wesen, die keine Angst vor dem Leben hatten. Warum konnte sie nicht eins von ihnen sein? Warum war sie dazu verurteilt, Janna Steiner zu sein, mit all dem, was das bedeutete? Ein paar Augenblicke lang hatte sie gespürt, wie es war, als Kranich zu fliegen und sich vom Abend zur Ruhe betten zu lassen.

„Hier sammeln sich die großen Schwärme, bevor sie in den Süden fliegen", sagte Kendra. „Ich habe in der Zeitung davon gelesen, aber ich habe es nie gesehen. Das war wunderschön."

Die großen Vögel staksten über das Gras, noch ein wenig unruhig. Bald würde es dunkel werden, dann würden sie schlafen.

„Ich will auch fliegen", sagte Frau Nieder, und als die anderen sie anstarrten, zuckte sie verlegen mit den Schultern. „Ich will … ich weiß auch nicht. Die Flügel ausbreiten und so sein wie sie. Und dabei", sie lachte auf, „bin ich eher wie ein Huhn als wie ein Kranich."

„Auch Hühner können fliegen", sagte Manuel. „Sie haben es nur vergessen."

Dann fuhren sie zurück. Manuel schaltete das Radio ein, und er und Frau Nieder sangen mit, er mit kraftvollem Bass, Frau Nieder mit ihrer dünnen, hohen Stimme.

Kendra klopfte den Takt. Sonst redete sie ohne Unterbrechung, doch heute Abend war sie merkwürdig still.

Janna starrte aus dem Fenster in den Herbstabend. Die Sonne war untergegangen, aber es wurde nicht so dunkel wie sonst.

Überhaupt nicht so dunkel wie sonst.

Seit Manuel Kleider besaß, begleitete er sie auf Bens Fahrrad zur Arbeit. Jeder konnte ihn sehen. Er sah beinahe wie ein normaler Mensch aus, nur dass er zu viel lächelte. Kein normaler Mensch, der bei Verstand war, lächelte andauernd und strahlte alle Leute an.

Kein normaler Mensch hatte im Feierabendverkehr gute Laune. Erst recht nicht, wenn man hinter einem stinkenden Bus herfahren musste. Trotzdem winkte Manuel allen Leuten zu und fing mit einem Taxifahrer durch die geöffnete Scheibe ein Gespräch an.

Janna fand ihn allmählich ein bisschen peinlich. Es war entschieden einfacher gewesen, als Manuel sich noch unsichtbar gemacht hatte.

Dann kam der Abend, an dem der Engel aufhörte, zu lächeln und zu winken.

Sie hatten es kommen sehen, beide. Es war ein dunkler, verregneter Abend, an dem die Scheinwerfer zu gelben Klecksen zerrannen. Der Regen trommelte auf den Asphalt, die Dächer, die Autos. Janna hatte sich dafür entschieden, ihr Rad einhändig zu schieben und mit der anderen Hand den Schirm festzuhalten. Manuel saß auf dem Fahrradsattel und ließ die Beine zu beiden Seiten herabhängen, wobei er sich mit den Schuhspitzen abstieß. Er summte irgendein albernes Lied.

Da rannte ein Mann mit einer Aktentasche an ihnen vorbei. Er hob die Hand, als der Bus vorbeifuhr.

Die Bushaltestelle lag auf der anderen Straßenseite.

„Nicht rüberlaufen!“, schrie Manuel. „Joachim!“ Er sprang so hastig vom Rad, dass es umstürzte, und streckte die Hand nach dem Aktentaschenmann aus, der ihm jedoch auswich.

Der Mann packte seine Tasche fester und rannte los.

„Nicht!“, brüllte Manuel. „Warte, da kommt ein –“

Und dann der Aufprall, quietschende Bremsen, ein dumpfer Schlag. Eine Tasche, die unbeachtet im Rinnstein landete.

Der Engel stand wie erstarrt da. Er rührte sich nicht, während andere herbeiliefen, den Verkehr stoppten, sich über die zusammengekrümmte Gestalt beugten.

„Manuel?“, fragte Janna.

Endlich hob er das Fahrrad auf, schob es weiter. Er sang nicht. Er lächelte nicht. Der Regen lief ihm aus den Haaren ins Gesicht.

Janna wusste nicht, was sie mit einem trauernden Engel anfangen sollte. Er hockte in Bens Sessel und starrte ins Leere.

„Du hast es ja versucht", meinte sie schließlich. „Du wolltest ihn festhalten."

„Ich kann niemanden retten, der sich nicht retten lassen will", sagte Manuel.

„Es ist nicht deine Schuld."

Tränen standen in seinen Augen. Ein Kummer, der sie hilflos machte. Sie legte ihm die Hand auf den Arm und sagte: „Was hättest du denn tun sollen? Dich auf ihn werfen?"

Ein Wunder vollbringen, dachte sie. Das hätte er doch tun können, oder? Dem Mann namens Joachim etwas in den Weg legen, das ihn zum Stolpern gebracht hätte. Die Autos anhalten. Machen, dass der Bus Verspätung hatte, sodass der Mann ihn nicht schon an der Haltestelle gesehen hätte.

Irgendetwas.

Wer war sie, dass sie ihm Tipps geben könnte, wie er seine Arbeit zu tun hatte?

„Ein Wunder?", sagte Manuel leise. „Ich habe ihm sein Wunder gegeben. Ich habe die Hände nach ihm ausgestreckt, um ihn aufzuhalten, ich habe ihn gerufen."

„Mehr wäre nicht möglich gewesen", sagte Janna, aber sie dachte: *Warum nicht? Warum ist er nicht geflogen und hat den Fremden in die Höhe gerissen? Warum hat er den Todesfahrer nicht gestoppt?*

Und jetzt sitzt er da und trauert, und dabei hätte es ihn so wenig gekostet einzugreifen.

Oder?

Aber seine Trauer war echt. Der dunkle Schmerz in seinen Augen. Seine regennassen Haare tropften auf seine Schultern, auf das Hemd, das Frau Nieder ihm gekauft hatte.

Janna hielt den Anblick nicht mehr aus. Sie ging in die Küche und suchte alles zusammen, was sich nur irgendwie anbot.

Biskuitboden und aufgetaute Himbeeren. Vanillepudding und Kekskrümel. Quark und Dosenpfirsiche. Gehackte Schokolade und Sahne. Kirschen und Krokantstreusel. Bananenscheiben und Joghurt.

Anschließend war die Schüssel so schwer, dass Janna sie kaum tragen konnte.

„Hier, bitte schön. Manchmal muss es was anderes sein als Brot und Fisch."

Ein Lächeln glitzerte in seinen Augen, fand den Weg zu seinen Mundwinkeln.

„Außerdem der größte Löffel, den ich finden konnte. Aus dem Salatbesteck."

„Gut", sagte Manuel. „Der könnte groß genug sein."

Sie setzte sich ihm gegenüber. „Ich weiß nicht, ob ich es so gut hinbekommen habe wie du."

„Danke", sagte er. „Danke, Janna."

Eine Weile sah sie zu, wie er aß. Dann legte sie sich aufs Sofa und zog eines der dicken Kissen zu sich heran.

„Ich verstehe es nicht."

„Warum nicht ein Blitz vom Himmel gefahren ist und Joachim zu Boden geworfen hat? Warum ich ihn nicht gerettet habe, obwohl ich ihn doch retten wollte?"

„Ja", sagte sie. „Und ich ahne, was du antworten wirst. Du wirst argumentieren, dass es nicht so läuft. Dass du kein Zirkuskünstler bist und dass du dich an die Regeln dieser Welt hältst. Du hast gute Gründe. Aber was mir zu schaffen macht: Manchmal geht es ja doch. Ich kenne Leute, die sagen, ihr Schutzengel habe sie vor einem Unfall bewahrt. Leute, die noch einmal umkehren, weil sie überprüfen wollen, ob sie den Herd ausgeschaltet haben, und deshalb nicht auf der Autobahn sind, wenn es dort eine Massenkarambolage im Nebel gibt. Dumme Zufälle, die ihnen das Leben retten. Oder Unfälle, die glimpflich verlaufen. Ein Kind fällt aus dem sechsten Stock und überlebt. Jemand ist schwer krank, und die Ärzte geben die Hoffnung auf... und dann geschieht das Wunder. Wenn es niemals eins gäbe, wenn wir immer verloren wären, dann könnte ich es nachvollziehen, wenn du sagst, dass du nach anderen Regeln spielst. Aber warum gibt es dann überhaupt Bewahrung und Rettung und Heilung? Warum gibt es Wunder?"

Nur nicht für mich, dachte sie.

Auch nicht für Joachim und seine Familie.

Es gibt die einen und die anderen, und ich gehöre zu denen, für die es kein Wunder gab und keinen Schutzengel und niemanden, der mich an der Schulter berührt und meinen Namen gerufen hat.

Manuel hob den Kopf. Ein Klecks Sahne zierte seine Oberlippe. In seinen dunklen Augen lagen alle Geheimnisse dieser Welt verborgen, alles, was er wusste und ihr nicht verriet. Aber vielleicht gab es auch keine Antwort. Vielleicht würde sie immer nur vertröstet werden.

„Es gibt Schutzengel, ja", sagte er, „und erstaunliche Heilungen. Es gibt Rettung aus Gefahr und Wunder. Unzählige Wunder. Die meisten bemerkt ihr nicht. Sie gehen an euch vorbei, ohne dass ihr sie so richtig wahrnehmt. Wie oft bist du schon gerettet worden, Janna? Wie oft hattest du den Fuß auf der Straße und bist wieder zurückgewichen? Wie oft hast du gedacht: Puh, das war knapp? Ist es dir nicht spektakulär genug, dass du als Kind eine komplizierte Lungenentzündung überstanden hast? Du bist tausend Mal beschützt worden. Tausend Mal hast du dein Leben für selbstverständlich genommen. Es ist ein Wunder, dass in deiner Ahnenreihe jeder alt genug geworden ist, um ein Kind zu zeugen, ein Wunder, dass deine Mutter damals, als sie mit dem Fahrrad gestürzt ist, nichts Schlimmeres als eine Gehirnerschütterung davongetragen hat, ein Wunder, dass du lebst! Warst du je dankbar? Oh nein, warum solltest du auch. Du kannst keine Geschichte darüber erzählen, wie Gott dich mit einem Blitzstrahl zur Umkehr bewegt hat!"

„Ich will doch gar nichts Spektakuläres!", rief sie. „Ich will doch nur –"

„Was? Was willst du?"

Dass du die Zeit zurückdrehst. Dass du mir Nick zurückgibst.

„Siehst du denn nicht, dass alle Wunder, die großen und die kleinen, bedeutungslos geworden sind, als der Unfall passiert ist?"

„Nein." Seine Stimme war plötzlich sanft geworden. „Nein, Janna, so sehe ich das nicht. Glaubst du wirklich, dass alles Glück der Welt in dem Moment, in dem das Unglück eintrifft, bedeutungslos wird? Sind die tausend Male Bewahrung vergessen, wenn ich es beim tausendundersten Mal zulasse? Wenn das so wäre, hättest du Nick nie bekommen. Es hätte ihn nie gegeben. Du wärst Ben niemals begegnet. Du hättest überhaupt nicht so lange gelebt!"

„Manchmal greifst du ein", sagte sie, „und manchmal nicht. Das ist viel schlimmer, als wenn du überhaupt nie eingreifen würdest."

Manuel lächelte grimmig. „Willst du wissen, wie du dir den Rest deines Lebens todsicher verderben kannst? Wie du untröstlich und kreuzunglücklich sein und bleiben kannst? Wenn du die Wunder, die dir geschenkt wurden, mit denen anderer Leute vergleichst. Wenn du die kleinen Momente, die Gott dir geschenkt hat, gegen das aufwiegst, was andere bekommen – oder das, von dem du glaubst, dass sie es bekommen. Denn dann wirst du immer nur sehen, wo andere bewahrt werden und du nicht. Wo andere geheilt werden und du nicht. Wo andere Gott begegnen und du nicht. Vergleiche nie, Janna. Es wird immer

Menschen geben, die mehr leiden als du. Und immer werden da Menschen sein, die großartige Geschichten erzählen können. Darauf kommt es nicht an. Wichtig ist nur, was geschieht, wenn wir beide uns begegnen. Sieh mich an."

Sie erwiderte seinen Blick.

Hielt seine dunklen Augen aus, die voller Geheimnisse waren. Und voller Liebe.

„Ich bin hier", sagte er. „Bei dir. Das ist dein Wunder."

Die Tänzerin

Es war Dienstag, doch Großvater Gerd erschien nicht, um die Blume für seine liebe Flora zu kaufen. Das war ungewöhnlich. Auch am Donnerstag hielt Janna vergebens nach ihm Ausschau. Am Samstag begann sie dann, sich ernsthaft Sorgen zu machen.

„Geht es ihm gut? Mach nicht so ein undurchschaubares Gesicht! Du weißt doch alles, also warum verrätst du es mir nicht einfach?"

„Weil ich dir nur die Dinge sage, die dich betreffen."

„Ach, und Großvater Gerd soll mich also nicht kümmern? Willst du mir das damit sagen? Dass er mich nichts angeht?"

„Wie heißt er?", fragte Manuel. „Wo wohnt er? Wie lebt er? Du hast ihn nie gefragt, wenn er seine Blume gekauft hat. Du könntest all das wissen, aber du warst der Meinung, es geht dich nichts an. Und jetzt soll ich dir diese Antworten, die du dir Stück für Stück von ihm hättest schenken lassen können, in den Schoß legen? So läuft es nicht, Janna."

Sie war es bereits gewohnt, dass er zu manchen Zeiten streng war und unnachgiebig, dass Betteln nichts nützte, trotzdem konnte sie nicht anders.

„Das ist unfair. Was, wenn er gestürzt ist? Jemand muss doch nach ihm sehen! Und was ist mit Flora? Wer bringt ihr die Blume? Flora muss doch ihre Blume bekommen! Hast du denn kein Mitleid?"

„All das hättest du ganz leicht selbst in Erfahrung bringen können", wiederholte Manuel, und dabei blieb es.

Vielleicht konnte sie es immer noch in Erfahrung bringen. Nur wie, ohne einen Namen?

Schließlich ging Janna zur Bäckerei hinüber.

„Ich vermisse den alten Herrn, der immer ein halbes Brot vom Vortag kauft", sagte sie zu der Verkäuferin.

„Ach, den Herrn Pfeifer!", rief die Frau, kaum, dass Janna ihren Satz beendet hatte. „Ja, das ist mir auch schon aufgefallen."

Pfeifer hieß er also, der Großvater Gerd.

„Wissen Sie denn, wo er wohnt? Ich mache mir allmählich Sorgen, weil er gar nicht mehr in den Laden kommt."

„Das müsste die Annekathrin wissen, das ist unsere Schülerin, die hat ihm mal eine Kuchenplatte nach Hause gebracht … Annekathrin!"

Gleich darauf erschien ein Mädchen, das Janna an eine frühere Ausgabe ihrer selbst erinnerte, mit großen Augen, die voller gespannter Erwartung in die Welt blickten.

Ja, selbstverständlich wusste Annekathrin, wo Herr Pfeifer wohnte, das war ja ganz in der Nähe, gleich hinter dem Park.

Natürlich musste es ganz in der Nähe sein, schließlich war der alte Herr nicht gut zu Fuß. Nicht einmal darauf war Janna gekommen.

Sich die Wegbeschreibung zu merken war ein Kinderspiel.

Schwieriger war es, nicht an den Park zu denken. Nicht an Bens vor Eifer gerötete Wangen, während er seine Pläne ausbreitete. Nicht an die Rosenstöcke. Nicht an das Bronzemädchen im Lavendel.

Es war eine Herausforderung, den Kunden höflich zuzuhören, bis sie sich entschieden hatten. All die vergessenen Geburtstage und Hochzeitstage! „Wir sind jetzt einen Monat zusammen, was passt denn da?"

Sie zwang sich zur Geduld, zwang sich, jeden Kunden wahrzunehmen, nicht als lästige Störung, sondern als Menschen, der eine Blume brauchte.

Liebte dieser junge Mann, der seine Freundin erfreuen wollte, wirklich? Würde seine Liebe ein Unglück überstehen oder auch nur den Alltag? Janna wusste es nicht. Aber sie wickelte die Blumen behutsam ein, die wie Briefe und Botschaften waren, wie ein Streifen Farbe am Himmel.

Sie hätte einen Umweg um den Park machen können, wenn sie die Adresse von Herrn Pfeifer gehabt hätte. Doch mit der Beschreibung der eifrig-freundlichen Annekathrin würde sie das Haus nur finden, wenn sie denselben Weg ging, den diese genommen hatte.

Als es endlich so weit war und Janna den Stand schließen konnte, machte sie sich auf den Weg. Ihr Fahrrad ließ sie stehen; sie hätte es sowieso schieben müssen. Die Hände in den Taschen ihres Mantels vergraben, zwang sie sich, einen Fuß vor den anderen zu setzen.

Es gab noch andere Statuen im Park. Ein grob gehauener Stein – was er ausdrücken sollte, hatte sie nie begriffen. Einige farbige Säulen, ein Drahtgewirr wie ein verheddertes Strickknäuel. Doch wenn sie die Besucher des Parks beobachtet hatte, früher, vor dem Unglück, hatte sie erlebt, wie es die meisten zu dem Bronzemädchen hinzog. Die Menschen fanden sich weder in dem Felsbrocken noch in den Säulen wieder und erst recht nicht in dem Drahtgestrüpp.

Die Jahre hatten den Anlagen gutgetan. Die Staudenrabatten waren üppig gewachsen, die Teiche wirkten nicht mehr wie ausgehobene Löcher, sondern hatten sich in funkelnde Spiegel verwandelt, an deren Ufern die Gräser raschelten.

Jedem Garten tat es gut zu altern. Ben hatte die Entwicklung vorhergesehen. Sie erinnerte sich daran, wie er von den Rosenbögen geschwärmt hatte und von den Kieswegen, die an kleinen, abgetrennten Beeten vorbeiführten, in denen heimische Bildhauer einzelne Arbeiten ausstellten. Er hatte Janna dazu überredet, mitzukommen, um einen eigensinnigen alten Künstler dazu zu bewegen, der Stadt eine Skulptur zu verkaufen. Als wäre es erst gestern gewesen, erinnerte sie sich an jenen Nachmittag. Der alte Mann hatte sie durch seine Werkstatt geführt. Er tat sich schwer, Figuren abzugeben, und erst recht tat er sich schwer mit den Menschen in seiner Nähe. Wenn, dann gab er die Werke in weit entfernte Städte ab, wo er sie nie wiedersehen würde.

Wie gebannt hatte Janna vor dem Mädchen gestanden. Es war eine Bronzeskulptur, ein Mädchen, den Fuß zum

Tanz erhoben, die Arme ausgestreckt. Doch mitten im Tanz hielt sie inne, stand da wie eingefroren und starrte in die Ferne. Wenn man sie ansah, fragte man sich unwillkürlich, wonach sie Ausschau hielt. Sie schien gespannt abzuwarten, so als würde etwas geschehen, etwas Wichtiges, etwas Unvermeidliches.

Janna hatte sich immer gefragt, was das sein könnte. Damals, vor dem Unglück, hatte sie gedacht, es müsse die Zukunft sein. Wunderbar, unwägbar, verheißungsvoll.

Ben hatte viele Statuen bewundert, doch sie hatte sich von dieser einen nicht losreißen können. Dass der Künstler bereit war, sich von der Tänzerin zu trennen, war also wohl Janna zu verdanken. An jenem Tag hatte Ben sie zum ersten Mal geküsst.

War es der Kuss, auf den das Bronzemädchen so sehnlichst wartete? Später hatte Janna gedacht: *Wie gut, dass sie nicht weiß, was kommt.* Und dann hatte sie sich abgewandt, von der Figur und von diesem Park, von allem, was irgendwie mit Ben zu tun hatte, von der Erinnerung an ihre Begegnung und ihre Liebe, ihr Glück.

Sie musste den Park durchqueren, wenn sie Großvater Gerd finden wollte. Ausgerechnet an einem Tag, an dem sie Manuel noch gar nicht getroffen hatte.

„Ich bin hier."

„Manuel?"

Er ging neben ihr, sie hatte ihn nur nicht bemerkt. Heute trug er die Jeans und das Hemd, das Frau Nieder ihm gekauft hatte. Er wirkte wie ein harmloser Spaziergänger, und niemand drehte sich nach ihnen um.

„Ich bin hier", wiederholte er. „Was dachtest du denn?"

„Du wolltest mir nicht sagen, wo Großvater Gerd wohnt. Ist das der Grund? Weil der Weg durch den Park führt?"

Er lächelte. „Hättest du nicht geglaubt, ich wolle dich absichtlich herlocken, damit du dich diesem Teil deiner Vergangenheit stellst?"

„Dann ist es Zufall?"

Er hob die Brauen. „Zufall? Bedenke, mit wem du sprichst. Irgendwann hätte dich dein Weg sowieso wieder hergeführt. Du kannst nicht ewig davor weglaufen."

„Ich habe Angst."

„Ich weiß", sagte er. „Deshalb bin ich hier."

Janna griff nach seiner Hand. Sie war warm und fest, und neben ihm zu gehen fühlte sich nicht mehr ganz so schwer an.

„Weißt du jetzt, wonach die Tänzerin Ausschau hält?", fragte er. „Ist es die Zukunft voller wunderbarer Möglichkeiten? Oder das Unglück, das auf sie zurollt wie eine Lawine, der sie nicht ausweichen kann?"

Janna wusste es nicht. Doch was es auch war, die Tänzerin blickte ihm entgegen.

Der Künstler hatte keine Frau geschaffen, die sich einrollte, ihren Schmerz an die Brust presste, sondern im Tanz innehielt, bereit, gleich weiterzutanzen.

Vielleicht war das die Antwort. Und vielleicht hatte Janna deshalb immer eine Verbundenheit mit dieser Figur gespürt. Weil etwas in ihrer Haltung so sehr der Haltung dieses Mädchens ähnelte, weil etwas in ihrem Herzen danach rief, es genauso zu machen.

Weiterzutanzen.

„Soll ich es dir verraten?", fragte Manuel.

Janna erschrak. Ihr war, als würde der Engel ihr das Geheimnis ihres eigenen Herzens verraten, wenn er das Geheimnis des bronzenen Mädchens verkündete.

„Ja", sagte sie, ihr Herz begann wild zu klopfen.

„Sie wartet darauf, lebendig zu werden."

Und da war es, als hätte sie es schon immer gewusst.

„Von hier aus musst du allein gehen", sagte der Engel. „Ich werde bei dir sein, versprochen. Und wenn es zu schwer wird, werde ich meine Hand auf deine Schulter legen."

Ein Frösteln überlief ihre Haut. Was erwartete sie? Würde sie Großvater Gerd tot in seiner Wohnung finden, wo er eine Woche hilflos auf dem Fußboden gelegen hatte?

„Bleib lieber da", rief sie, aber sie spürte nur eine Brise, die ihr die Haare aus dem Gesicht wehte, und Manuel war fort.

Janna atmete tief durch. Sie wappnete sich innerlich, ihrem schlimmsten Albtraum zu begegnen. Der alte Mann, zusammengekrümmt, weinend oder schon bewusstlos.

Warum rechnest du immer mit dem Schlimmsten?, schien der Engel ihr ins Ohr zu flüstern. *Was hat dich gelehrt, überall Albträume und Schrecknisse zu erwarten?*

Tapfer tat sie einen Schritt nach dem anderen und stand schließlich vor dem Haus.

Nach Annekathrins Beschreibung zu urteilen, musste es das richtige sein – ein angegrautes Reihenhaus mit einem ordentlich gepflegten Vorgarten, in dem zwischen rauen Steinen Heidekraut wuchs. Die Häuser waren frisch gestrichen, der eine Garten quoll von Astern und Chrysanthemen schier über, der andere war ein hübsch angelegter Steingarten mit Brunnen. Konnte in dieser Umgebung ein alter Mann sterben, ohne dass es jemand merkte?

Janna drückte auf die Klingel, über der „Abraham Pfeifer" stand, und wartete. Was würde sie bloß sagen, wenn der alte Mann öffnete? Wenn er sich über ihr Erscheinen wunderte oder gar ärgerte?

Was jedoch, wenn er nicht öffnete?

Sollte sie die Polizei anrufen? Die Nachbarn fragen, ob sie etwas wussten?

Sie klingelte noch einmal, ließ den Finger auf dem Knopf, vielleicht hörte der Alte schlecht.

Nichts. Keine schlurfenden Schritte im Flur hinter der Milchglasscheibe. Würde Flora sich nicht wundern, wer da so dringend Einlass verlangte? Oder war Flora ins Krankenhaus eingeliefert worden, und Großvater Gerd saß an ihrem Bett und hielt ihre Hand?

„Janna?“

Sie drehte sich um.

Da stand er. Der Mensch, den sie von allen Menschen auf diesem Planeten am wenigsten sehen wollte. Ben.

Er hatte sich in all den Jahren natürlich verändert. Das jungenhafte Grinsen, der Schalk in den Augen, das war verschwunden. Er sah ernster aus, graue Strähnen hatten sich in sein dunkles Haar geschlichen.

„Hallo, Ben“, hörte sie sich sagen, während das Blut in ihren Ohren rauschte.

„Wie hast du es rausgefunden?“

Was meinte er damit? Dass er sich von Marion getrennt hatte? Er glaubte doch wohl nicht, dass sie ihm aus diesem Grund nachlief.

„Was tust du hier?“, fragte sie.

„Ich?“ Überrascht musterte er sie. „Ich wohne hier.“

Ihr Blick schweifte über den Steingarten, den Brunnen. Natürlich. Er hatte sich immer einen Spaß daraus gemacht, mit seinem Namen zu spielen, der Herr Steiner.

„Das wusste ich nicht. Du bist der Nachbar von Großvater Gerd? Ich meine, von Herrn Pfeifer?“

„Großvater Gerd“, sagte Ben. „Daran habe ich auch sofort denken müssen. Abraham sieht fast genauso aus wie dein Opa. Das hat mich ja auch auf die Idee gebracht. Bist du sehr wütend?“

Janna blinzelte verwirrt. Ben war also Großvater Gerds Nachbar. Der Nachbar des Mannes, der jeden zweiten

Tag in ihren Blumenladen kam, um für seine Flora eine Blume zu kaufen. Und da begriff sie endlich, warum Ben so schuldbewusst aussah.

Sie wollte losschreien – und spürte im gleichen Augenblick eine Berührung auf ihrer Schulter, eine schwere, warme Hand.

Mit Mühe bändigte sie ihre Wut.

„Du hast ihn zu mir in den Laden geschickt."

„Du wolltest mich nicht sehen. Und ich musste doch wissen, wie es dir geht."

„Gut geht es mir", sagte sie. „Und überhaupt, was kümmert es dich? Ich fasse es nicht, dass du mir hinterherspioniert hast!"

Er senkte den Kopf, biss sich auf die Lippe. „Ich habe nicht spioniert. Ich wollte nur wissen, ob du wieder lächeln kannst."

Und sie hatte dem Alten vertraut! Hatte sich gefreut, jeden zweiten Tag, hatte ihm seine Blume so behutsam eingewickelt, diese kostbare Blume, hatte sich vorgestellt, wie Flora sich darüber freute, eine kleine alte Dame mit Lachfältchen im Gesicht. Alles eine Lüge.

„Gibt es denn eine Flora?", fragte sie zornig. „Oder habt ihr euch die bloß ausgedacht, um einen Grund zu haben, Blumen zu kaufen?"

„Flora ist seit zwanzig Jahren tot. Abraham legt ihr jeden zweiten Tag die Blume aufs Grab."

Eine steile Zornesfalte bildete sich zwischen Bens Augenbrauen. Auch diese Falte war neu. Dann wurde sein Gesicht wieder weich. Er streckte die Hand aus, als wollte er sie begrüßen wie eine Fremde oder an sich ziehen und könnte sich nicht entscheiden.

Da sie sich nicht rührte, ließ er die Hand wieder sinken. Er sah verzweifelt aus.

„Ich habe mir Sorgen um ihn gemacht", sagte Janna. „Sonst was Schreckliches habe ich mir vorgestellt. Warum kommt er auf einmal nicht mehr in den Laden? Damit hast du auch zu tun, wetten?"

„Du lächelst wieder, hat Abraham erzählt. Es ist, als hättest du dich in den vergangenen Wochen in einen neuen Menschen verwandelt. Und dann hat Kendra angerufen und mir erzählt, dass du mit jemandem zusammenlebst. Also habe ich Abraham gesagt, er soll damit aufhören, bei dir Blumen zu kaufen. Ich freue mich, dass es dir gutgeht."

Er senkte den Blick, holte einen Schlüssel aus seiner Tasche, wandte sich seiner Haustür zu.

Seltsam, dass es immer noch etwas in ihr anrührte, wenn Ben sich abwandte.

Sie spürte die Hand des Engels auf ihrer Schulter. Er schien zu flüstern, leise, kaum hörbar. Sie konnte es nur wahrnehmen, wenn sie den Zorn bezwang. Wenn sie den Worten erlaubte, sie durch den Sturm von Schrecken und Enttäuschung und Bitterkeit hindurch zu erreichen.

Sieh ihn an, wisperte die Stimme. *Wende den Blick einmal von dir, von deinem eigenen Leid ab.*

Sie wollte es nicht sehen, aber es war unübersehbar: die Schatten unter Bens Augen, die Fältchen, die grauen Haare. In ihrem ohnmächtigen Zorn hatte sie immer geglaubt, er sei glücklich mit Marion, er habe seine alte Familie vergessen, das Unglück einfach abgestreift und hinter sich gelassen. Aber das stimmte nicht. Er hatte gelitten, so wie sie, und dass er in den schwersten Stunden gegangen war und sie alleingelassen hatte, das konnte sie ihm nicht verzeihen, so wie sie ihm Marion nicht verzeihen konnte, aber da stand er und wirkte verloren, und es war immer noch Ben.

„Es ist anders, als du denkst." Sie wollte es ihm erklären, obwohl sie ihm keine Rechenschaft schuldig war. Nichts war sie ihm schuldig. Dies war der Mann, der zu ihr gesagt hatte: *Du hättest aufpassen sollen.*

Und wenn sie ihn ansah, sah sie Nick vor sich.

„Das ist es immer", sagte er mit merkwürdig kühler Stimme, ging ins Haus und schloss die Tür hinter sich.

Himmelstanz

Sie rang nach Luft. Vielleicht hörte sie auch einfach auf zu atmen, während sie auf die Tür starrte, hinter der Ben verschwunden war.

Es war alles wieder da. Ihr letzter Streit. Die quälenden Wochen, in denen der Kummer ihre Liebe ausgehöhlt hatte wie ein Wurm einen Apfel.

Nick. Die Wucht des Verlustes traf sie erneut, fällte sie wie einen Baum. Nur äußerlich blieb sie stehen, innerlich sank sie hin, versank in dem dunklen Meer, das über ihr zusammenschlug.

Janna drehte sich um und ging. Neben ihr schritt der Engel, seine Augen blickten traurig.

Musste das sein?, hätte sie ihn am liebsten angeschrien. *Musstest du alles wieder aufwühlen, gerade jetzt, da ich anfange, den Mut zum Weiterleben zu fassen?*

„Und er?", fragte der Engel.

Es wäre ihr lieber gewesen, er hätte die unausgesprochenen Fragen nicht gehört. Aber er ließ ihr keine Geheimnisse, er ließ ihr nicht die Wahl, an welchen Gedanken sie ihn teilhaben ließ und an welchen nicht. Er hatte sich in ihrem Leben eingenistet wie ein alter Freund aus Kindertagen, der für eine Nacht bleiben will und sich dann dauerhaft im Gästezimmer niederlässt, als gehöre er zur Familie.

„Ja", sagte Manuel. „Gott wird sich nie damit zufriedengeben, nur ein Gast in deinem Leben zu sein."

Auch das hatte er natürlich gehört. Man konnte sich nicht einmal über den Eindringling beschweren, ohne dass er es mitbekam.

„Ich bin bei dir“, fügte er hinzu. „Ich will nicht, dass du in dem dunklen Meer versinkst. Ich will dich festhalten, damit du nicht untergehst. Es tut mir weh, wenn du fällst.“

„Es ist mein Leben.“

„Ja“, sagte er und blieb stehen. Sie standen wieder im Park; Janna hatte gar nicht mitbekommen, dass sie schon den Teich erreicht hatten. „Es ist dein Leben und dein Sterben, und alles ruht in Gottes Hand, der dich liebt. Ich kann nicht damit aufhören, mich um dich zu sorgen. Aber es liegt an dir.“

„Ich komme allein klar“, sagte sie. „Und ich wünschte, du würdest dich nicht einmischen.“

Der wolkenverhangene Himmel schien auf sie herabzudrücken. Der Engel strahlte nicht, seine Augen blickten sanft, und obwohl er so groß und kräftig gebaut war, wirkte er plötzlich seltsam hilflos.

„Soll ich gehen?“, fragte er.

Und sie hatte die Macht, in diesem Augenblick. Es war weder erhebend noch fühlte sie sich dadurch besser.

Es war, als würde Gott selbst vor ihr stehen, wie ein Bettler.

„Soll ich?“

Und unter ihr und um sie her war das dunkle Meer, die tausend Schatten.

Sie konnte ihm nicht antworten.

Da nahm der Engel ihre Hand. „Gehen wir nach Hause“, sagte er.

Die Wohnung war still und weiß, und die Papierkraniche raschelten im Windzug. Der Duft von hundert Orchideen aus Seidenpapier stieg ihr in die Nase, der Duft unzähliger Stunden der Stille, schwarze Wogen von Schaumkronen bekränzt.

Und er?, hörte sie erneut die Stimme des Engels in ihrem Ohr. *Was ist mit Ben?*

Er sah ihr in die Augen, schien direkt in ihre Seele zu blicken.

Und was ist mit dir? Wann verzeihst du dir?

Lass los, woran du dich klammerst.

Er bot ihr Vergebung, aber sie hatte gelernt, keine Geschenke von Fremden anzunehmen. Sie hatte immer geglaubt, sie müsste allein mit allem fertigwerden, mit ihrem Leben und dem grauen Sterben, das mitten am Tag begann, und wenn das schwarze Meer über einem zusammenschlug, musste man schwimmen oder untergehen. Er streckte ihr seine Hand hin, um sie ins Boot zu ziehen.

Doch wie hätte sie zulassen können, dass ein anderer steuerte?

Sie wusste nicht, welche von den Schalen um den Kern ihrer Seele die stärkste und undurchdringlichste war. Vielleicht war es der Stolz. Vielleicht war der Stolz größer als die Schuld und die Bitterkeit, größer noch als die Trauer und das Scheitern, größer als alles andere.

„Ich muss es allein schaffen“, sagte sie.

„Du hast am Grab deines Kindes gefragt, wo Gott ist“, erwiderte er. „Gott ist hier.“

Manuel schob die Stühle beiseite. Er schaltete die Musikanlage ein. Er zerbrach die Stille, so wie er die schützende Hülle um ihr Selbst zerbrochen hatte.

Alles zerfiel, die Einsamkeit zerfiel und die mühsam aufrechterhaltene Selbstbeherrschung. Ihre Wohnung war leer und traurig und viel zu weiß, nur eine Hülle wie eine Eierschale.

Der Schmerz war wieder da.

Er verbeugte sich und streckte ihr die Hand hin. „Darf ich bitten?“ Heute trug Manuel den teuren Anzug, den Frau Nieder ihm gekauft hatte.

„Was wird das?“, fragte sie.

„Tanzen wir“, sagte er. Um seine Augen war eine dunkle Stelle, man sah immer noch, wo sie ihn geschlagen hatte. Eine kleine Narbe setzte einen Akzent auf sein Lächeln.

Sie legte ihre Hand in seine.

Ein Schritt, eine Drehung.

Ein Tango. Herausforderung und Spiel, Spannung und Auflösung.

„Die halbe Antwort“, sagte Janna. „Ich will sie jetzt. Sag mir, warum. Sag mir, warum Gott es zulässt. Oder, verdammt noch mal, sag mir, dass es überhaupt keine Antwort darauf gibt."

„Liebe", sagte Manuel, während er Janna herumwirbelte und wieder auffing.

„Das soll die Antwort sein, nach der sich alle sehnen? Gott lässt das Leid aus ... Liebe zu?"

Sie blieb abrupt stehen. Die Musik rauschte an ihr vorbei, um sie herum, wilde, grandiose, berauschende Klänge.

„Es ist die Antwort darauf, warum ihr hier seid. Warum Gott, wenn er euch erdacht hat, euch hier im Leid aufwachsen lässt. Jeden Einzelnen von euch. Dich. Er könnte euch geradewegs ins Paradies versetzen, nicht wahr? Aber er möchte, dass ihr hier seid, mittendrin. Er will, dass ihr die Welt entdeckt und euer Herz. Er will, dass ihr zu wahren Menschen werdet. Ihr seid Königskinder, und eines Tages werdet ihr die Welt mit anderen Augen sehen. Das Universum ist größer, als ihr überhaupt ahnt. Glaubt ihr etwa, das, was ihr mit euren Teleskopen und Messinstrumenten entdeckt, ist schon alles? Ihr habt keine Geräte, mit denen ihr die Unendlichkeit messen könnt, keine Uhren für die Ewigkeit und keine Spiegel für eure Seelen. Gott braucht Krieger und Priester, Dichter und Sänger, Tänzer und Heiler. Er braucht Menschen, die durchs Feuer gegangen sind und standgehalten haben, Menschen, die stärker sind als die Engel."

Ungläubig starrte Janna ihn an. „Das ist nicht dein Ernst. Das Leid ist unsere Lebensschule, wie? Und Gott unser sadistischer Schulmeister? Das soll ich dir abkaufen? Da kann ich meinen Glauben ja gleich an den Nagel hängen!"

Manuel blickte sie liebevoll an. Ihr war, als würde der Blick ihre Haut und ihre Angst, ihre Abwehr, ihre Zweifel und ihren Kummer durchdringen.

„In dieser Welt zu leben bringt Leid mit sich. Es gibt kein Entkommen daraus. Gott lässt es zu, weil er diese Welt beenden müsste, um das Leid zu beenden. Er lässt euch hier, lässt es euch aushalten. Lässt euch die Schätze entdecken und das Glück und die Hoffnung. Gott liebt diese Welt. Man kann das Unkraut aus einem Acker nicht entfernen, wenn es mit dem Weizen verflochten ist, nicht, ohne alles zugleich auszureißen."

„Aber Gott ist allmächtig."

„Nein", sagte Manuel.

„Das ist Blasphemie, oder?"

Eine Drehung unter ihrem Arm hindurch. Sein Lächeln hatte etwas Trauriges. „Kennst du das Rätsel von dem Stein, der zu schwer ist? Es war schon immer sehr beliebt."

„Ob Gott einen Stein erschaffen kann, der zu schwer ist, um ihn aufzuheben? Sogar zu schwer für ihn selbst? Ja, aber was hat das damit zu tun?"

„Alles", sagte er. „Zum Teil ist dieses Rätsel natürlich Unsinn. Es ist so unlogisch wie die Frage, ob Gott fünf gerade sein lassen kann oder ob er ein schwarzes Tuch schaffen kann, das weiß ist. Hier geht es nicht wirklich um Gottes Fähigkeiten, das sind Gedankenspiele, mit denen man sich die Zeit vertreiben kann. Aber die Frage, die sich dahinter verbirgt, geht viel tiefer: Kann Gott mit all seiner Macht etwas erschaffen, das außerhalb seiner Macht steht? Nicht weil es ihm über den Kopf wächst, sondern weil die Welt nach den Regeln funktioniert, die er selbst aufgestellt hat? So wie es unmöglich ist, eine gerade Fünf zu schaffen oder einen schwarzen Schimmel, kann es auch keine ferngesteuerten Geschöpfe mit freiem Willen geben. Kann also Gott, der allmächtige Schöpfer des Himmels und der Erde, seine Stärke aufgeben? Ja, er kann und er hat. Denn Gott hat sich dafür entschieden zu lieben. Und man kann nicht lieben und zugleich jede Regung und jeden Wimpernschlag des anderen beherrschen. Er hat die Liebe gewählt und die Kontrolle aufgegeben, denn beides gleichzeitig ist nicht möglich. Er hat euch die Macht gegeben, Nein zu sagen. Natürlich könnte er euch zu allem zwingen, ohne dass ihr es überhaupt merken würdet, aber das würde seinen Plänen für euch zuwiderlaufen."

„Wir sind der Stein, den er nicht heben kann."

„Genau." Manuel lächelte. „Das seid ihr. Und seitdem muss Gott zusehen, wie ihr ins Unglück rennt. Aber das ist nicht alles. Ihr habt euch abgewandt, er aber nicht. Ihr könnt euch immer noch entscheiden."

„Auch die Christen haben diese Welt nicht unbedingt verbessert."

„Wer Gottes Liebe erwidert, wird dadurch nicht automatisch perfekt. Und es gibt auch keinen Fahrstuhl in den

Himmel. Die Welt ist dunkel und voller Schmerz, aber Gott erschafft für euch keine neue Erde, in der es leicht fällt, zu glauben und sich zu entscheiden. Wo sonst, wenn nicht hier, könnt ihr die Kraft der Liebe entdecken? Die Alternative wäre das Ende dieser Welt. Ein Paradies, das nichts gekostet hat. Harfenspielende Kitschfiguren auf weißen Wölkchen. Gott will jedoch echte Menschen mit erprobten Herzen, die der kommenden Aufgabe gewachsen sind."

„Der kommenden Aufgabe?"

Er lachte leise. „Glaubst du, ihr werdet nur Tonleitern üben und Geige lernen? Zugegeben, um darin die Meisterschaft zu erlangen, braucht es recht lange, aber so lange nun auch wieder nicht. Ihr werdet nicht eine Ewigkeit lang herumsitzen, mit Pfirsichen jonglieren und Leoparden streicheln. Ihr seid geschaffen, um zu wachsen und zu handeln, um kreativ zu sein und fantasievoll und stark."

„Deshalb ist Nick gestorben? Damit ich kreativ und stark bin? Ich bin zerbrochen, Manuel. Meine Ehe, mein Leben, mein Glück, alles ist zerbrochen!"

„Ihr seid nicht hier, um glücklich zu sein. Ich mache euch das Glück zum Geschenk, immer wieder, aber es ist weder der Sinn noch das Ziel eures Lebens."

„Das ist hart", flüsterte sie.

Sein Lächeln war wie ein kleiner Funken, der einen Waldbrand entfachen konnte, einen Weltenbrand.

„Janna", sagte er. „Ich weiß, es ist schwer zu verstehen. Ich weiß, du willst das nicht hören. Dass das Leid einen Sinn hat. Du willst um jeden Preis an der Sinnlosigkeit festhalten. Du willst an deinem zerbrochenen Herzen festhalten, um Gott hassen zu können, um Gerechtigkeit zu fordern."

„Ja", gab sie zu. „Ja, das stimmt."

Er streckte die Hand aus, und sie legte ihre hinein, und wieder machten sie einen Tanzschritt nach vorn und zwei zurück und eine Drehung, und der Rausch der Musik drohte sie zu erfassen, und beinahe konnte sie das Glück spüren.

„Dann ist Nick gestorben, damit ich etwas lerne?"

„Nein", sagte er, „nein, das nicht. Er ist gestorben, weil es in dieser Welt den Tod gibt und den Schmerz und die Dunkelheit. Weil dieses Leben ungerecht ist und kostbar, qualvoll und herrlich, dem Zufall preisgegeben und doch gehalten. Dein Kind ist gestorben, weil es keine Garantie dafür gibt, dass ein Mensch hundert Jahre alt wird. Weil es Krankheiten gibt und Unfälle und menschliches Versagen. So ist diese Welt, und der Tod ist das einzige Tor hinaus. Willst du mit Gott brechen, weil dein Sohn dieses Tor früher gefunden hat als andere? Weil er früher als andere den Weg in die bessere Welt beschritten hat?"

Eine Drehung. Sie landete in seinen Armen, die fest und warm waren, an seiner Brust, die ihr stärker und breiter vorkam als die jedes anderen Mannes.

„Gott stößt dich nicht in den Sumpf, aber er reicht dir die Hand, wenn du tief drinsteckst, und wenn du erkennst, dass er auch dann bei dir ist, wenn nichts mehr einen Sinn ergibt, ist aus dem Schrecken etwas Wundervolles, Kostbares entstanden – wie eine Perle aus einem Sandkorn. Gott fügt nicht Unheil zu, damit ihr lernt. Er sorgt dafür, dass die Zufälle Sinn ergeben. Dass aus dem Leid ein Wunder entsteht, dass aus der toten, kalten Erde Blumen wachsen. Wende die Augen von ihm ab, und du wirst Sinnlosigkeit und Dunkel finden. Sieh hin, und aus jeder Kleinigkeit, jedem Zufall, jedem Unglück kann etwas Wunderbares entstehen, wie der Frühling aus dem Nichts des Winters. Selbst etwas so Banales wie ein Name ist dann nicht mehr Zufall. Dein Name. Mein Name. Auf einmal ist alles miteinander vernetzt und verwoben, und die zerrissenen Fäden bilden ein neues Muster, das unvergleichlich schön ist."

Seine Worte rauschten an ihr vorbei. Sie verstand alles, und doch verstand sie kein Wort. Vielleicht war es noch zu früh, um dem Unglück überhaupt zu erlauben, einen Sinn zu haben.

„Gott hätte Nicks Tod verhindern können." Sie klammerte sich an diesem Satz fest wie an einem Halteseil in dem starken Wind, der alle ihre Überzeugungen, ihren Schmerz und ihren Zorn davonwehen wollte.

„Ich werde dir sagen, warum ihr so leidet. Habt ihr gedacht, der Glaube wäre eine Garantie dafür, dass es euch gut geht? Gott wäre ein Zaubermeister, der seinen Funken sprühenden Zauberstab zu schwingen hat, um euch vor der Dunkelheit zu schützen? Ihr lebt in dieser Welt, und ihr werdet sie durchleiden, und daraus gibt es keinen anderen Ausweg als nur den Tod. Er ist euer Feind und euer Freund gleichermaßen. Ihr leidet über alle Maßen an dieser Welt, weil ihr das Sterben nur als Feind betrachtet und weil euch die Schmerzen den Blick auf das Wesentliche verstellen. Zu anderen Zeiten waren die Menschen voller Hoffnung und Gewissheit. Sie konnten das, was ihnen zustieß, hinnehmen. Das hat leider dazu geführt, dass sie in anderer Hinsicht resigniert haben, dass sie es nicht für lohnenswert hielten, gegen Missstände anzukämpfen, gegen Könige und Fürsten zu rebellieren oder den Pfad anzuzweifeln, der ihnen von der Tradition vorgegeben wurde. Sie haben der machthungrigen Kirche mehr geglaubt als ihrem gesunden Menschenverstand. In der Hinsicht seid ihr weiter. Ihr setzt euch für diese Welt ein – nicht genug, aber immerhin haben viele Menschen begriffen, dass ihr nur diesen einen Planeten habt. Ihr habt begriffen, welche Schätze die Natur birgt, wie kostbar jede Tierart, jede Pflanzenart ist. Dafür seid ihr auf der anderen Seite vom Pferd gefallen: Ihr habt den Glauben an das ewige Leben verloren. Ihr habt der Kirche ganz den Rücken gekehrt, den Glauben über Bord geworfen, den Materialismus zur einzigen Religion erhoben. Deshalb könnt ihr euch nicht vorstellen, dass es mehr gibt als den sterblichen, kranken Körper. Ihr begreift euch nicht mehr als Seelen auf einer Reise durchs Tal der Tränen. Ihr klammert euch an diese Welt, die nie dazu gedacht war, euch alles zu geben, was ihr braucht. Ihr wollt euer Leben – läppische achtzig Jahre oder weniger – mit allem anfüllen, was es nur gibt, und verzweifelt, wenn ihr feststellen müsst, dass das nicht geht. Wenn ihr nur ein wenig mehr Vorfreude auf das Jenseits hättet, würde der Tod seinen Stachel verlieren."

Eine komplizierte Schrittfolge, eine Drehung, er hob sie auf, wirbelte sie herum, ließ sie unter seinem erhobenen Arm hindurchtanzen.

„Es gibt ein Leben nach dem Tod", fuhr er fort. „Ein Leben, wie du es dir nicht vorstellen kannst. Eine Ewigkeit, gegen die das hier, die Schmerzen und das Unglück, wie eine Zehntelsekunde sind, eher noch eine Hundertstelsekunde. Ja, denk an Völkermord und Auschwitz, denk an Kindersoldaten und verschleppte Mädchen, denk an krebskranke Kinder und gefolterte Gefangene. Denk an Nick. Gott weint. Gott trägt all euren Schmerz in sich. Stell dir eine Sekunde auf der Uhr vor, in der die Dunkelheit so groß ist, dass sie das Universum verschlingt, dass das Weltengefüge zerreißt, blutgetränkt und erschüttert von Gottes Schrei.

Und dann wandert der Zeiger weiter. Und dann stell dir eine Herrlichkeit vor, die eine Ewigkeit lang dauert und alle Schmerzen auslöscht. Die die Erinnerung daran fortnimmt. Stell dir vor, du sitzt auf Gottes Schoß, und er küsst die Tränen von deinen Wangen, und aus jeder Träne wird ein Stern, der das All erleuchtet. Stell dir ein Lied vor, das alle anderen Lieder übertönt, ein so gewaltiges, wunderbares Lied, dass der große Aufschrei nur ein Auftakt war. Und in dieses Lied schreiten die leidgeprüften Seelen, Krieger und Amazonen, lachende Kinder und tanzende Querschnittsgelähmte. Könige und Königinnen, gekrönt, umgürtet, mit wehenden Umhängen, und die Engel verneigen sich vor ihnen. Das ist der Beginn einer neuen Geschichte, der wahren Geschichte."

Eine weitere Drehung; Janna flog an seine Brust, unter der sein Herz schlug, lebendig und schnell und kraftvoll.

„Das dunkle Kapitel der Weltgeschichte wird enden. Doch jede Sekunde, die es andauert, ist ein Zeichen von Gottes Gnade, der auf sein allmächtiges Eingreifen verzichtet und euch die Freiheit lässt. Das ist die Antwort. Vielleicht gefällt sie dir nicht, aber eine andere habe ich nicht für dich. Wenn du an den Himmel glaubst, wird dein Herz ein Stück leichter werden, voller Vorfreude und Hoffnung. Ich sage dir nicht, dass du aufhören wirst, Nick zu betrauern. Dass du aufhören wirst, ihn zu vermissen. Aber du darfst aufhören, Wut und Zynismus in deiner Seele zu hegen."

An seinem ausgestreckten Arm machte sie ein paar Schritte nach hinten, von ihm fort, bevor er sie wieder an sich heranzog.

„Du kannst den Zorn und den Zweifel wählen, Janna. Es ist deine Entscheidung, ob du auf der Sinnlosigkeit und der Schuld und der Verzweiflung beharren willst. Gott wird die Entscheidung nicht für dich fällen."

Plötzliche Stille erfüllte das Wohnzimmer. Die Umrisse der Möbel kehrten in Jannas Bewusstsein zurück, die Tapeten, die schon bessere Tage gesehen hatten, der CD-Wechsler knackte leise, während er nach der nächsten Silberscheibe tastete.

„Gott ist in gewisser Weise hilflos", sagte Manuel und gab ihre Hand frei. „Du hast die Wahl, ihm das Herz zu brechen. Du hast die Macht, Ja zu sagen oder Nein."

Mit diesen Worten ging er zur Wohnungstür und schloss sie leise hinter sich.

„Manuel!", schrie sie.

Dann fiel ihr ein, dass sie ihm erlaubt hatte zu bleiben, bis er ihr die Antworten gegeben hatte, nach denen sie verlangt hatte. Und sie hatte diese Antwort bekommen.

Und nun war er fort.

„Manuel", sagte sie leiser.

Ihre Knie gaben nach, sie sank auf den harten Boden. Es war kein Tanzsaal mehr, nur noch ein viel zu kleines Wohnzimmer.

Aber es war ihr vorgekommen, als wäre es ein riesiger Saal, ein Ballsaal mit einem Lüster an der Decke und schimmerndem Marmor, über den ihre Schuhe glitten, als wäre es ein zugefrorener See.

Das Leben fühlte sich anders an, wenn er bei ihr war. Nicht klein und dunkel und beengt, eine Zelle, in der sie ihren Schmerz erdulden musste. Sondern wie ein Garten, in dem Bäume in den Himmel wuchsen und die wilden

Heckenrosen am Zaun blühten. Ein Garten, in dem Nicks Grab genauso einen Platz hatte wie laue Sommerabende mit Freunden auf der Terrasse.

Sterne und Stockbrot.

Tanz und Trauer.

Lachen und Liebe.

„Manuel“, flüsterte sie.

Und ihr war, als hörte sie eine leise Stimme –, in ihrem Herzen, nicht in ihren Ohren –, die sagte: „Ich bin hier. Wann immer du mich rufst, bin ich bei dir.“

Auf einmal sprang sie auf. Was hatte er gesagt?

Selbst so etwas Banales wie ein Name ist dann kein Zufall mehr…

Wo war das Namensbuch, aus dem sie damals Nicks Namen herausgesucht hatte?

Nick.

Das kam von „Nikolaus“, ein Wort aus dem Griechischen, das die Begriffe „Volk“ und „Sieg“ beinhaltete.

Nick hatte gesiegt, hieß es das? Er hatte nicht verloren, weder sein Leben noch seine Zukunft, seine tausend Möglichkeiten. Er war der Sieger.

Und Janna?

Kam von „Johanna“, was „Gott ist gnädig“ hieß.

Er hatte ihr seine Gnade angeboten, und seine Gnade, das stand für ein Leben in Fülle. Es bedeutete Vergebung. Es hieß, dass er bereit war, die Nuss zu knacken, all die Schichten aus Angst und Scham und Bitterkeit und Trauer zu durchdringen und ihren innersten Kern zu finden – klein und dunkel, verloren und voller Sehnsucht.

Ihr Herz begann heftiger zu klopfen. Ihre Hände zitterten, als sie zu „Manuel“ blätterte.

Es war die Kurzform von „Immanuel“ und bedeutete „Gott mit uns“. Woran erinnerte sie das? Da war etwas, etwas Wichtiges, sie kannte dieses Wort, diesen Namen …

„Gott mit uns“, flüsterte sie.

Janna ließ das Namensbuch fallen und griff nach der Bibel.

Sie brauchte eine Weile, bis sie die Stelle fand.

„Siehe, eine Jungfrau wird schwanger sein und einen Sohn gebären, und sie werden ihm den Namen Immanuel geben, das heißt übersetzt: Gott mit uns.“

Mit einem Aufstöhnen ließ Janna sich in den nächsten Sessel sinken.

„Oh Gott. Du? Du höchstpersönlich?“

Manuel war nicht nur der Abgesandte einer fernen Macht. Mit ihm war Gott selbst zu ihr gekommen, und in dem Engel war Gottes Gegenwart sichtbar geworden. Und seine Liebe.

Sie hatte mit ihm getanzt.

Sie hatte mit ihm an einem Tisch gesessen. Sie hatte mit ihm gelacht und geweint und mit ihm gestritten. Geohrfeigt und umarmt hatte sie ihn, und er hatte die Flecken aus ihrem Tischtuch gewaschen …

Sie weinte, obwohl sie lachen wollte, und jede Träne, die ihr heiß über die Wange rann, fühlte sich an wie eine Perle, die es sich aufzufangen lohnte.

Sie wusste nicht, wie sie glauben sollte. Wie sie das alles für wahr halten sollte, den Himmel und die Ewigkeit und ein Leben nach dem Tod. Nick, der lachend über die Wiesen sprang und alles vorbereitete, bis sie irgendwann nachkam. Nick, der nie irgendetwas vermisst hatte, nicht einmal seine Mutter. Der ihr nie böse gewesen war, weil sie ihn nicht beschützt hatte.

Konnte sie glauben?

Die Gewissheit war nicht von jetzt auf gleich da. Ihr Herz fühlte sich nach wie vor wund an. Und dennoch … Manuel war gegangen, aber sie wollte nicht, dass er ging.

Letzten Endes lief alles auf eines hinaus: Vertrauen.

Letztlich ging es nicht um seine Antwort auf ihre Fragen, sondern darum, wie sie auf Gottes Frage antwortete.

Vertraust du mir?

Liebst du mich?

„Bitte, bleib hier“, sagte sie in die Stille ihrer Wohnung hinein. „Bleib bei mir.“

Schritte

Es tut mir nicht leid." Großvater Gerds Rücken war gebeugt vom Alter, seine Falten schienen tiefer als je zuvor, doch seine Stimme klang trotzig. Sturer alter Mann. „Ich habe es gut gemeint, so wahr mir Gott helfe. Und dass ich nicht mehr herkommen soll, das scheint mir nicht richtig. Der Herr Steiner will nichts mehr hören, er sagt, er sei fertig mit Ihnen. Aber ich bin zu alt, um mir was von den jungen Kerlen vorschreiben zu lassen. Hier, für Sie."

Es war Freitag. Er hatte kein Brot gekauft, sondern Kuchen. Auf dem Pappteller thronte ein prächtiges Stück Schokoladentorte.

„Und ich werde wieder herkommen, um Blumen zu kaufen. Herr Steiner möchte, dass ich in den anderen Laden gehe, in den an der Ecke, aber nur Ihre Blumen leuchten. Ich will Ihre Blumen für meine Flora."

Er versuchte, ihr den Pappteller in die Hand zu drücken, doch da sie eine Schere in der einen und eine Rolle Geschenkband in der anderen hielt, stellte er das Tortenstück einfach neben die Kasse und wandte sich zum Gehen.

„Warten Sie!", rief Janna ihm nach. „Bitte, einen Moment. Schenken Sie mir ein paar Minuten. Da drüben bei den Kaffeetischen."

Manuel war fort, aber er hatte ihr einen Rat mit auf den Weg gegeben: *Andere werden meinen Platz ausfüllen. Halt die Augen offen. Manche werden dir zulächeln. Und manch einer wird dir ein wichtiges Wort sagen. Hör zu. Sei achtsam. Ich werde dir mitten im Alltag zublinzeln.*

Der Alte zögerte einen Moment, dann nickte er.

Janna bestellte ihm einen koffeinfreien Kaffee, für sich einen Tee. Die Verkäuferin lächelte und legte noch ein Stück Apfelkuchen dazu, „zum Probieren".

„Sehe ich wirklich aus wie Ihr Großvater?", fragte Herr Pfeifer.

„Da ist schon eine gewisse Ähnlichkeit." Es schuf eine Vertrautheit, die wohl auch Ben empfunden haben musste. „Ben hatte schon keine Großeltern mehr, als wir geheiratet haben. Er hat sich sehr gut mit Großvater Gerd verstanden. Sie haben am liebsten zusammen gegrillt."

„Wir haben sogar schon Vorlieben entdeckt, die ich mit Ihrem Großvater Gerd gemeinsam habe", sagte Herr Pfeifer. „Zum Beispiel liebe ich Senf. Andere könnten für ein Stück Schokoladenkuchen sterben, aber bei mir ist es ein zartes Steak mit Senf."

Janna musste lächeln. „Ben auch. Verkohltes Fleisch und Senf, bei dem sich die Fußnägel aufrollen."

„Seien Sie nicht so hart zu ihm", sagte Herr Pfeifer. „Ich sehe ihn täglich, wenn er nach Hause kommt oder draußen im Garten ist. Es ist schlimm für einen Mann zu scheitern. Und er ist gerade da gescheitert, wo er am meisten investiert hat: bei seiner Familie."

„*Er* ist zu einer anderen Frau gezogen."

„Und doch hat er mich gebeten, nach Ihnen zu sehen. Er hat Sie nie vergessen, Frau Steiner. Ich bin da vielleicht etwas altmodisch, aber ein Versprechen ist ein Versprechen.

In guten wie in schlechten Tagen, wissen Sie noch? Es geht mich nichts an, aber entschuldigen werde ich mich dafür nicht." Er verspeiste den Apfelkuchen, während Janna schwieg, kippte den Kaffee hinunter und griff nach seiner braunen Tasche. „Wir sehen uns dann, Frau Steiner. Wenn ich morgen Floras Blume hole."

„Heute Abend", hörte sie sich sagen. „Es gibt eine kleine Party in meiner Wohnung. Eine Art … Renovierungsparty. Vielleicht möchten Sie auch kommen?"

Sie war über diese Einladung genauso überrascht wie er. Aber wenn er einer ihrer Engel war, wie hätte sie ihn da einfach gehen lassen können?

„Danke", sagte Herr Pfeifer. „Ich komme gerne."

Mit Kendras und Reinhards Hilfe hatte sie die Wände gestrichen, jedes Zimmer in einer anderen Farbe, und neue Vorhänge genäht. Der Tisch war mit grünem Papier dekoriert und mit allen Tellern und Tassen gedeckt, die sie in ihrem Küchenschrank gefunden hatte – alle Farben bunt durcheinander. Sie hatte Luftballons aufgehängt und Girlanden. Ein Mobile aus glitzernden Fischen schwebte über der Sitzecke, vielleicht nicht ganz passend, aber es erinnerte sie an Manuel und seine Vorliebe für Fisch.

Reinhard grillte Würstchen auf dem Balkon, obwohl es mitten im Winter war, und Frau Nieder stand neben dem Salatbuffet und erklärte jedem in aller Ausführlichkeit sämtliche Rezepte.

„Wo ist er denn hin?“, hatte sie gefragt, nachdem Manuel verschwunden war. „Ihr Cousin?“

Wie sollte sie es erklären? „Er ist immer noch da.“

„Oh“, sagte Frau Nieder. „Ich glaube, ich verstehe. Und die Kleider? Der gute Anzug? Ich hoffe, er hat alles mitgenommen. Die Sachen stehen ihm fantastisch.“

Jannas Lächeln war klein und schmerzvoll.

„Kopf hoch!“, befahl Frau Nieder. „Wir bekommen bestimmt einen neuen Engel. Spielen wir eine Partie Halma? Ich lasse Sie aber nicht gewinnen.“

Da wusste Janna, dass der neue Engel schon da war.

Auch Kendra war heute einer. Kendra, die mit Schwung in Jannas Leben zurückgekehrt war und die Papierorchideen von den Fensterbänken gefegt hatte. Eigentlich war es heute ihr Fest, ihre Belohnung. Auch Kendra hatte natürlich wissen wollen, was aus Manuel geworden war.

Janna hatte ihr alles erzählt. Von dem Engel am Grab. Von der halben Antwort, die natürlich nicht genug war und ihr aber doch etwas geschenkt hatte: Trost.

Denn Trost bedeutete nicht, dass der Schmerz wie von Zauberhand weggewischt wurde. Trost bedeutete, dass man wieder atmen konnte und dass man um die Boote auf dem dunklen Meer wusste und um die ausgestreckte Hand.

Es mochte dunkel sein, aber nie ganz finster.

Es mochte kalt sein, aber es war nicht die Kälte des leeren Weltraums, sondern Frost, der nur eine Jahreszeit andauerte.

Sie durfte leben.

Obwohl Janna fand, dass es zu früh zum Feiern war, war Kendra da anderer Meinung. Und natürlich hatte Kendra ihren Willen bekommen.

Damit es richtig laut wurde, hatte sie den Gitarrenkreis aus der Kirche eingeladen, Frauen, die Janna nur flüchtig kannte. Sie stürzten sich mit einer Begeisterung auf die Salate, die Frau Nieder ein seliges Grinsen ins Gesicht zauberte.

Einige Frauen hatten ihre Töchter mitgebracht, die ganz wild darauf waren, Papierkraniche und Orchideen oder auch Pinguine zu falten. Irgendwie hatten sie erfahren, dass Janna recht gut darin war, Gegenbruchfalten und dergleichen zu erklären. Wenn sie nicht gerade neues Wasser aufsetzte oder in den Tiefen der Küchenschränke nach noch mehr Schüsseln kramte (es waren nie genug Schüsseln da), setzte sie sich zu den Mädchen an den Tisch und zeigte ihnen, wie man den Kranich dazu brachte, mit den Flügeln zu schlagen. Oder wie man die Blüte vorsichtig auffächern musste, damit sie zur Geltung kam. Eine der Töchter fühlte sich in der Meute nicht wohl und flüchtete sich zu Reinhard auf den Balkon, wo sie mit Hingabe Marshmallows aufspießte, um sie in klebrige, leicht angekohlte Leckereien zu verwandeln. Jedes Mal, wenn die Balkontür aufging, mischte sich der Geruch von gebratenem Fleisch nun mit dem Duft von gebranntem Zucker. Im Windhauch raschelten die Girlanden und wickelten sich um die Papierkraniche.

Kendra hatte ein Dutzend Senfgläser in verschiedenen Geschmacksrichtungen aufgeschraubt, und weil die eisgekühlten Getränke nicht so rege Abnahme fanden wie erwartet, machte Janna Tee.

Sommerbeeren.

Schöne Träume.

Sie vermisste Manuel so sehr, wie man nur jemanden vermissen kann.

Die fremde Tochter drückte ihre vor Kälte gerötete Nase an die Scheibe und spähte nach drinnen.

Immer wieder ließ Janna den Blick unruhig durch die Wohnung schweifen. Es klingelte, doch diesmal waren es die Nachbarn aus der Etage unter ihr, die eine dicke Topfpflanze schleppten und diese mit einem *Rumms* auf dem Teppich abstellten.

„Herzlichen Glückwünsch! Sie haben doch Geburtstag?"

„Ja, so ähnlich", sagte Janna. „Eine Art Nachfeier."

„Er ist da", raunte Kendra von der anderen Seite in ihr Ohr.

„Großvater Gerd, ich meine, Herr Pfeifer?"

Der alte Mann blickte sich neugierig um und lächelte erfreut, als er die Fleischteller und Senfgläser entdeckte. Janna wollte ihm gerade zuwinken, als sie den Mann entdeckte, der hinter Herrn Pfeifer auf der Schwelle stehengeblieben war.

Ben.

„Ich habe ihn nur hergefahren", sagte er rasch. „Ich gehe sofort wieder."

„Das musst du nicht."

„Nein." Er schüttelte lächelnd den Kopf. Ihr fiel auf, dass er immer noch denselben Mantel trug wie früher, mittlerweile sah dieser allerdings ein bisschen schäbig aus. „Es ist besser, wenn ich gehe."

Janna blickte sich zu Kendra um, die ihr auffordernd zunickte.

„Ich komme kurz mit", sagte sie. „Nur auf ein paar Schritte." Sie pflückte ihre Jacke vom Garderobenhaken.

Das Gelächter und die vielen lauten Stimmen blieben hinter ihnen zurück.

Draußen schlug Ben den Mantelkragen hoch und steckte die Hände in die Taschen. *Er sieht älter aus als früher*, dachte Janna. *Es steht ihm gut.*

Schweigend gingen sie nebeneinander her. Irgendwann merkte Janna, dass sie den Weg zum Friedhof eingeschlagen hatte.

„Bist du sicher?", fragte er leise.

„Ja."

Schließlich standen sie am Grab, und Ben wandte das Gesicht ab und starrte stattdessen auf den Brunnen.

„Ich wollte dir etwas sagen. Etwas Wichtiges."

„Ich höre."

Da sagte sie ihm, dass sie ihm verzeihen konnte. Und sich auch.

„Du musst nichts dazu sagen, wenn du nicht willst. Ich wollte nur, dass du es weißt."

Ben sah überrascht aus. „Ich dachte, du willst mit mir über die Scheidung reden."

„Ich habe keinen neuen Freund. Und Manuel ... das war nur mein verrückter Cousin, der eine Weile bei mir untergeschlüpft ist." Sie konnte Ben ja schlecht erzählen, dass Gottes Engel auf der Couch geschlafen hatte.

„Du kannst herkommen, wann immer du willst", sagte sie. „Ich habe nichts dagegen. Es war dumm von mir, deswegen zu streiten."

Er nickte bloß. Starrte auf den Brunnen. Starrte überallhin, nur nicht auf das Grab, nur nicht in ihr Gesicht.

Würde es je heilen?

Vertrau mir, schien Manuel zu flüstern. *Vertrau darauf, dass aus der Dunkelheit Wunder wachsen können.*

„Lass uns zurückgehen. Die anderen haben uns hoffentlich noch etwas übriggelassen. Ich könnte jetzt einen Tee vertragen. Und du?"

„Marshmallows wird es wohl noch geben", sagte Ben, und ein winziges Lächeln blühte auf seinen Lippen. „Und Senf. Ich wette, es gibt noch genug Senf."

Manche Wunder

Manche Wunder brauchen Zeit.

Manche Verletzungen muss man tausendmal verbinden, sie reißen auf und heilen nie ganz. Die Verwandlung kommt nicht mit einem Paukenschlag, sondern so unmerklich wie der Frühling – plötzlich ist alles grün und die Schwalben schwirren im Zickzack über den Dächern.

Und manchmal denkt man, dass der Frühling in diesem Jahr nicht kommen wird.

Ihr altes Leben war zerbrochen. Aber zum ersten Mal seit langer Zeit begann Janna zu glauben, dass es ein neues Leben für sie geben könnte.

Für sie und für Ben.

Langsam, ganz allmählich, wuchs aus alter Liebe und altem Schmerz etwas Neues.

Zuerst gab es Nachtisch. Aus allem, was Janna in der Küche fand.

Biskuitboden und frische Erdbeeren. Schokopudding und zerbröselte Karamellbonbons. Vanillequark und Dosenmandarinen. Gehackte Schokolade und Sahne. Kirschen und Krokantstreusel. Bananenscheiben und Joghurt.

„Wer soll das alles essen?“, fragte Ben.

„Wir“, sagte sie. „Es ist kein perfektes Rezept. Von allem etwas. Aber sieht es nicht fantastisch aus?“

Er tauchte den Löffel in die Sahne. „Mmmmh. Deine Kochkünste haben sich jedenfalls entscheidend verbessert.“ Ben musterte sie, während sie aßen. „Gut siehst du aus.“

„Und nun lass uns fahren.“

„Wohin?“

Sie hatte ihm noch nicht gezeigt, was aus dem vernachlässigten Schrebergarten geworden war. Doch jetzt war die Zeit gekommen.

Ben staunte, als Janna ihn in den Garten führte. „Du hast ja ganze Arbeit geleistet.“

Dann tastete er nach dem Schlüssel in der Blumenampel.

„Das Holzhaus müsste allerdings auch mal wieder gestrichen werden.“

In diesem Augenblick kam die Schrebergartenkatze um die Ecke, um nachzusehen, was los war. Sie begrüßte Janna überschwänglich und bohrte ihre Krallen in Bens Hosenbeine.

Es war April. Die Tulpen steckten die Köpfe aus der Erde und entfalteten ihre Blüten.

Lena Klassen wollte schon immer ihre Leidenschaft für Bücher zum Beruf machen. Sie studierte in Bielefeld Literaturwissenschaft und Philosophie und promovierte über phantastische Literatur. Seitdem arbeitet sie als Schriftstellerin und hat zahlreiche Bücher für Jung und Alt veröffentlicht. Sie schreibt unter anderem Fantasy und Krimis, Romantisches und Düsteres; mit Tiefgang oder unterhaltsam, gerne auch beides. Mit ihrer Familie lebt sie in Nordrhein-Westfalen. www.lenaklassen.de

FSC
www.fsc.org
MIX
Papier aus verantwortungsvollen Quellen
FSC® C083411

Verlagsgruppe Random House FSC® N001967
Das für dieses Buch verwendete FSC®-zertifizierte Papier *Munken Premium Cream* liefert Arctic Paper Munkedals AB, Schweden.

1. Auflage 2014
Bestell-Nr. 835032
ISBN 978-3-86334-032-2

Umschlaggestaltung: Hanni Plato
Satz: Uhl + Massopust, Aalen
Druck und Verarbeitung: CPI – Clausen & Bosse, Leck
Printed in Germany